我所告訴你關於那座山的一切

劉宸君

目次

第三部 致信

第四部　夏天的少年

山與寫作會怕孤獨嗎？

吳明益　國立東華大學華文系教授

當你打開這一頁，我得向你說明的是，這篇文章並不是一篇導讀，也不是一篇談「書」的文章，只是一段回憶。這段回憶對我來說，就像一處陌生的山徑，步行者一開始並不明確知道路存在，以及走過的意義，直到一段時間後亦然。

我第一次收到宸君的訊息是在二〇一五年的冬季，現在回憶起來，我仍不確定自己是不是曾見過他，只是回頭看，這封訊息就像憑空出現，沒有試探與客套，直接到了「坦露心聲」的狀態。

宸君在訊息裡跟我談了對於寫作的看法，說：「曾經困擾我的問題是，在想要記錄點什麼時，自己的書寫總是缺乏一種『身體感』，（我）想要知道一篇小說或一首詩如果是實體的話會落在自己身體的哪裡。後來認識一位朋友，他是個沒有信仰的人，我想真正的世界是留給這樣的人吧，他騎單車、登山，也學習耕種，雖然他並不放太大心力在記錄這件事之上，可是透過**不創造的創造**使我感到個體強烈的完成感，雖然那也令我感到殘忍和痛苦。」

粗體字是我加上的。文字是一種有距離感，又極為透明的溝通工具，一方面我們會認為落筆即完成陳述（他的意思就是他所寫的），一方面卻又很難確定對方使用的文句是什麼意思（深層意義上的）。我思考了一些時間，回覆說自己並不太清楚他真正的問題，但關於困擾、迷惘、不安、不確定……，那是所有寫作者在成長時，常會有的狀況。**不知道自己能否寫，不知道自己寫什麼是否有意義，甚至不知道自己該不該寫……**我跟宸君說，對於一個已經寫作二十幾年的人來說，我也沒有答案。不過他來信裡的有些內容我是相信的，「有如你的朋友一樣，把身體交付土地、山、河流，你就會有所得，雖然我們不明確知道所得為何。」

宸君也提到他讀我的作品的感受，問及這世間有沒有可能有一個寫作者能像「複眼人」一樣旁觀而不涉入？我說我認為在人類的世界裡，是很難有「只觀看不介入」的角色的。人總是陷在與其他人的關係裡，是一種束縛、責任，同時也是一種美。

不久我再次收到他的信，他說確實，人逃避不了傷害和被傷害的角色。「就像我信中有提到的那樣是把身體交付土地、山、河流的人，有時也會給身邊的人痛苦。不過在我自己和自然連結的經驗裡，好像在面對自然的時候才能徹底地和疼痛共處，雖然往往也必須先經歷**比死還要盛大的感覺**。」

我再次遇上了解讀的困難。面對野地時才能坦然與疼痛共處，這點我是感同身受的。但什麼是「必須經歷比死還要盛大的感覺」呢？

我還來不及回這個訊息，不久，他就再傳來短訊說：「今天回去後突然想到了一個問題。我在想，害怕孤獨的人可以寫作嗎？」

我想不起「那一天」是怎麼樣的一天，為什麼宸君好像一直陷在思考的迴圈裡，最終問我一個害怕孤獨的人**能否**寫作這件事。不過我想起來，自己曾在一篇文章裡引過北島的詩句，他寫道：「一個學習孤獨的人先得有雙敏銳的耳朵。」（〈夏天〉）這看似矛盾的說法產生了張力，我的解讀是，孤獨反而會讓人想（或者是「能」）聽到更多的聲音，創造出一雙敏銳的耳朵來。或許，宸君的迷惑由此而來。

不久，這雙敏銳的耳朵就到我課堂來了。二〇一六年，宸君出現在我的教室裡，他請我務必讓他加簽。我的課極少加簽，除非學生能說出說服我的理由，他回去後隨即寫了一封信給我，信中提及自己很可能只上一學期的課就要休學了（準備去爬大山、旅行），而這學期他與朋友，就為了這門課而來。宸君寫道：「我認為這堂課與我的生活、未來寫作的方向，甚至是愛情都擁有高度關聯。」一堂自然書寫課為什麼跟「愛情」相關？這個理由像流沙之地一樣不穩固卻吸引我。

宸君擁有獨立、強悍、自主的欲求，並且堅持。門不開，他會造一個門出來。他天生就是「文字人」，不像課堂發言時偶爾會語塞，我很快發現他寫的信展示了屬於他的語彙與行文節奏。像一隻黃尾鴝，固執又活躍。

期中我為學生安排了一趟得卡倫步道之旅，他和幾位同學一樣背著重裝，把步道之旅當成日常重訓。到達教堂的時候，他拿出爐具煮了一壺奶茶分享給一起步行的我們。那天還發生了一個小插曲。通常我在帶領學生步道之行時，都會要求他們準備一張小紙條，用手抄寫一段關於山、溪流，或者海洋的句子，然後在到達折返點時將所有紙條放進袋子裡輪流抽走。那天我抽中的是楊赫斯本爵士（Sir Francis Younghusband）所寫的《聖母峰史詩》（*The Epic of Mount Everest*）裡的一段話：

聖母峰是世界物理力量的體現。要跟聖母峰抗衡，必須把人的魂魄都掏出來。他若成功，便可看見戰友臉上的喜色。他想像的當自己的成功如何令登山界大喜過望、如何為英格蘭帶來榮光。全世界的關注、盛名遠播，自己也會有不枉此生的持久滿足……也許他從未精確規劃過這些，但他腦海中一定浮現過「不成功便成仁」的想法。在三度折回或死亡這兩種選擇中，後者對馬洛里而言可能還輕鬆些。身為男人，身為登山家，身為藝術家，第一種抉擇的痛苦遠非他所能承受。

《聖母峰史詩》描述的是傳奇登山家馬洛里（George Mallory）在一九二一、一九二二和一九二四參加英國聖母峰遠征隊的前後經過。他最後死在聖母峰上，屍體直到一九九九年才被尋獲。沒有證據證明他是否是第一個登上聖母峰的登山者，但他隨身帶著的妻子照片並不在身上。據說他曾向女兒承諾，一旦登上聖母峰他將把照片留在峰頂。那張照片是否在峰頂？不會有人知道了。

宸君靠過來跟我說：老師你抽中的是我的紙條，我抽中你的。我的紙條上只寫了一句話：「我希望盡可能地將單純的自己放在山上。」（日本登山家．山野井泰史）

只不過有些同學當時到附近小徑探險，回來發現自己未參與，因此提議應該重抽一次。我們都同意了。這一次我們都沒有抽到彼此的紙條了，我抽到的是洪素麗在〈惟山永恆〉裡寫的一個段落：

> 白木林的枯骨園連綿約一公里，像一座白骨撐持刺穿天空的墓園。這裡是鐵杉與冷杉分布的交界。日換星移的山河歲月中，因閃電擊中、山林大火、焚燒撕裂，剝掉綠色長皮，再經風吹雨打，霜雪冰蝕，因為地處低溫沒有很快被生物蠶食分解而腐朽鬆懈，骨立而形未銷，挺立著做為無情歲月悲歡演替的無言見證。

回家後我再次收到宸君的信，他把原先寫在紙條上的段落摘給了我。那門課在冬季結束，最後一堂課的時候，他跑來跟我說，準備課程一結束就和朋友一起出發到印度旅行，並且去走當地的山徑。我表達了祝福，並且希望日後能在任何可能的地方再遇見他。我心底默默地想，或許他將會與我心中的幾個名字，建立起一個壯麗、深邃，且充滿行動力的臺灣自然書寫新系譜。

和他同行的便是聖岳，而和他約定在尼泊爾重逢的是走另一條道路旅行的苡珊。

宸君收到我課程的評分與意見時，正在旅程途中。回信給我時，說自己身在吉隆坡，等待深夜轉往加爾各答的班機。對於我建議他修改投稿的意見，他說由於每天的騎行結束後，必須記錄當天所認識的世界、研究隔天的移動，以及處理不同的困難；如果是紮營的日子，還得節省手機、頭燈的電源，很可能沒辦法如期修改完成。

對於我建議他毋須引用太多旁人作品，要相信自己的文字時，他說因為已經進入必須大量閱讀、比較不同資訊和文本的階段，時常覺得「別人說的話都比我好」。我理解這種感受，我們走在一座一座的大山之間，有時為自己驕傲，但多數的時候，總覺得應該低頭。信件的最後他寫說：期盼回到校園後還能繼續修您的課。

當然，我沒有再收到那份修改的作業，課堂上也再也見不到宸君了。宸君和聖岳被發現時，是在納查特河谷（Narchet Khola）旁的一處岩洞裡，宸君留下他的筆記，他行山時始終堅持文字相隨，受困時也堅持文字相隨。

宸君期末交來的那篇文章，名為〈死者默默等待的想像〉，開頭是這樣寫的：

> H拿出一瓶事先準備好的高粱，有點尷尬地問我們：可不可以先跟我的祖先講講

話？我跟山當然說好。H示意我們蹲下來，但還是時不時緊張地頻頻抬頭：「你們不要笑我，真的不可以笑喔。」經過我們再三保證絕對不會取笑他，他才放心地閉上眼睛。

我聽見一種同時具有樹木與雲霧的性質的聲音。怎麼會有一種語言能夠如此安穩、卻又如此輕盈？只有這樣的聲音，才有辦法穿越整座森林，到山的另一頭去。

H旋開高粱的瓶蓋。防盜環斷裂的同時，我的心裡頭似乎有什麼跟著被扭斷了，氣氛頓時放鬆下來。H將酒灑在土壤上，要我們各自喝一小口高粱，這樣祖先就能夠認識我們，圍繞在我們身邊。

也許聲音並不只是到山的另一頭去，它同時召喚了死者；戰勝距離，也戰勝了此刻。

從這篇文章，我知道了宸君與他的朋友們之間對山的情感，他們都不是看輕山的人，絕非輕率地把自己的安危交出去，也不純是青春的躁動，或莽撞的冒險。他們需要山，山也接受他們……只是山從不仁慈。

帶著自然書寫課堂學生上山的那天，我轉身拍了幾位同學的休息照，宸君在照片下方，只露出了一張臉。那張照片裡，我彷彿看到自己年輕時常出現在臉上（而自己沒能看到的），面對山所露出的疲憊、讚嘆、興奮與野性。

登山的人多，能寫山的人少。宸君就是那極少極少山選中的人裡那一個。我看著這十九歲靈魂寫出來的文字，我感到愧疚（一種奇怪的愧疚，因此這篇文章耽擱了許久，最終仍是拼拼貼貼過去我對他的追憶）。一個遠比我跟山心靈相近，遠比我還要有寫山的天賦的年輕人如此離去，而我現今坐在書桌前，只能回憶與他相遇的點點滴滴。或許是對命運不平的慚愧吧。

寫作一直是宸君的夢，在生命逐漸消逝的時刻，宸君始終沒有放下他的筆。在最艱難的時刻，在死神近在眼前時，宸君仍要提筆。宸君說，我以為只要一直寫就是作家了。

啊，宸君，我想到怎麼回答你當時的問題了（或者說是回答自己的問題）。害怕孤獨的人可以寫作嗎？這是一個迴圈，因為只要一直寫作，就不怕孤獨了。文字裡眾聲喧嘩，鬼魂與生者同在。在山裡也是一樣，一直走就不怕孤獨了，只有停下來孤獨才會有機可乘。

我想起那個我們最初的通訊，他提到《午夜巴黎》（Midnight in Paris）裡葛楚・史坦（Gertrude Stein）的話：「不要害怕死亡，別這麼失敗主義，藝術家要想辦法找出那個時代空虛的解藥！」

不要害怕死亡，不要害怕孤獨。因為我們心底現在都知道，這是為了什麼這麼多人要走向山，走向寫作的緣故。

第一部——在路上

長途旅行成為了練習守住祕密的過程，學習節制及保有自己的力量。練習在當下去信任時間、蒐集「痛」的源頭。

——來自日記

活著的人都正趕赴一個地方

2017 / 01 / 22

train tour: Sealdah —train→ Budge Budge —train→ Tollygunge
—步行→ Kalighat（人民影展）——→ Tollygunge —train→ B.B.D Bag
—train→ Kolkata —路面電車→ Lenin Sarani/Nirmal Chandra Dey Street

注：一．印度在路上的大眾交通工具
基本上都是隨招隨停，
只要車速慢就可以跳上去
二．火車時間其實很準

·死亡、符碼、賄賂（交換）、詩與神（隱身）、歸返

死亡：到青年旅舍時，一樓是提供舉行喪禮的空間，到的時候正好結束，一位雙腳布滿

白斑的老太太被白布裹住抱了出來。我還沒能理解這座城市的死亡：我感受到的是城市的「生」。汽車、嘟嘟車、人力車、老鐵馬非常有默契地閃躲，同時擠壓彼此的空間，人們將巨大的物事頂在頭頂，莊嚴地試圖走到對街，孩童在車潮與人潮之間玩一只單薄的塑膠袋風箏、在路邊的棚子旁洗澡。他們知道城市有人正在死亡嗎？答案是否定的，死亡是城市的一場共謀。因此我們能夠這樣解釋：這些活著的人都正趕赴一個地方。

賄賂：Police、圍觀
詩與神：負重者的隱身、凝止的時刻／西西弗斯〔……〕
符碼：岳岳能理解城市的符碼及其運作／鐵軌寬、路面電車的年分、列車&月臺的高低差、軌道會去哪裡

2017／01／23

Local train: Sealdah ——→ Bongoan

火車上又是另一個市集——街上的延伸，但又在狹小的箱體中形成小小的世界。

他們對著我們的車大聲讚揚，像是在彼此分享早晨傳來的令人愉快的消息，戰爭的

捷報，勝利的球賽。他們時而測試車胎的硬實程度，時而擠壓喇叭，時而按壓煞車，盡可能把這些嶄新的發現傳得愈遠愈好：有時見到了來自遠處的人，我們就以為自己擁有掌控距離的能力。但我更傾向欣賞另一種人：他們總是不發一語、隔著一段距離站在我們的身旁，肅穆的神情令人無法猜測他們是如何估量「距離」這件事；距離太過珍稀，不容輕視。

The Mayor's eyes

2017 / 01 / 24

Baikola stay

初至Baikola時，我們熱切地感受到他們對我們的凝視，尤其這裡的人都擁有一雙長睫毛的大眼睛。在不斷被凝視的情形下，心非常疲憊，以致忽視了我們自己是如何凝視他們的。

我的鏡頭就是村長的眼睛，他對我們展示令他引以為傲的事物，同時向他人展示我們。在他眼裡，最重要的是神龕，其次是國旗、內塔吉(Netaji)的肖像，我們時常被要求為它們照相。我們的足跡涉及整個村莊，也被要求替每一戶人家照全身的全家福照，有些人也會不經意地向我們展示令他們引以為傲的物事，比方說一位男人堅持和他的羊合照，某些按下快門的瞬間，我突然覺得自己好像正在做什麼嚴肅的事。村長投射驕傲在村民身上，我們的出現致使村民回應了他的盼望。

有時我覺得自己也似乎正在傷害什麼。我們進入學校、婚禮。所有人對我們的驚呼，這算不算一種傷害？

十二號公路記事

2017/01/25

Baikola —SH3→ Duttapulia —SH11→ Krishnanagar —NH12→ Bahadurpur Dhubulia ——→ Singhati附近

你只能一直移動。把裝備揹在身上時，也像把自己也揹著。深吸一口氣，憋住，從一個村莊到另一個村莊。

2017/01/26

Singhati —NH12→ —NH122A→ Palsanda

騎在NH12（按：印度十二號國家公路）上，即使路況不佳，仍然能夠感受到筆直、平整的荒蕪。戴上太陽眼鏡後，印度平原的色調變成透明感的琥珀色，直到這時我才能好好觀察不斷減緩速度的一切。

覺得自己還沒真正找到一種「箭在弦上」的生活方式，眼神尚未被磨利，還得在單車上多生活幾天。快騎不下去的時候，我會將自己想像成一尊尚未上漆的泥像，就維持著那樣的姿勢，使自己全身乾裂。

……

1. 猜測與估量：在NH12上，沒有任何號誌提供辨識，即使距離、方向的指標偶爾出現在角落，你也失去了讀它們的欲望。我擁有一隻碼錶，能告知我此刻移動的速率、今日的里程數、以及過往所有距離的總合，但我遲遲未將這隻碼錶安置在我的單車上，即使安置了，我想我也不會去讀它。我現在能夠做的唯有猜測；我放棄估量還要多少公里、多少時間到達下一個村莊。我開始思忖，這一株樹出現之後，會再看到下一株同樣的樹嗎？騎鐵馬經過的老人，與重重壓過路面的貨卡之間相互關聯嗎？跟洪堡德旅行南美洲的經驗類似：南方夜空的星星、仙人掌都讓他明白自己已經遠離家鄉，但只要一陣牛鈴聲響或是牛鳴，就能讓他「彷彿重回泰格爾的青草地。」我必須重新估量時間和空間的觀點；對單車旅行而言，你可以將各個遇見的物事視作相連的整體，但每樣事物都將拖曳你至某處；那可能很深。

2. 岳岳拖車的輪組終於死了，整支花鼓爆裂，失去運轉的核心。那天他如往常地騎在我前頭，我在後頭能清楚地觀察他拖車運作情形：左邊的輪子開始大幅度偏擺，製造更多沙塵，隨即像個垂頭喪氣的人靜止。岳岳蹲下來試圖將花鼓裝回原來的位置，說時遲這時快，兩位印度當地人立刻現身，也不先客套地詢問岳是否需要幫忙，直接拿起工具動手幫岳修花鼓。來印度一段時間，時常覺得當地人會非常獨斷地替你「決定」一些事；他們時常「決定」你需不需要被幫助，這件事有時是溫暖的，畢竟有時自己連自己需要幫助都不願承認。（達赫幫哈凡打開車門）

・象群移動製造的劇烈沙塵

2017/01/27

Umagur ——→ Malda luggage

13141 Malda ——→ NJP

印度平原的城市、鄉下充滿魅力，公路邊的城鎮令人作嘔。

行李車廂兩側的門可以拉開，即便是行進間也可以維持敞開的狀態。移動的時候，就像坐在有觀景窗的巨大箱子中。

我記得那時岳直接走過去把笨重的車廂門拉開，風灌進來，變得極低極低的黑色地平線就像在閃動一樣。許多家庭會在將近天黑時在門口燒一堆小小的炭火，店家會點亮櫥窗上方一盞小小的燈泡（details：掛成一串的零食，櫥窗裡各種形狀、顏色的甜點）；這些微小的光源似乎能夠將某種共通的事物串連起來：這種串連的重要性並不在於使平原構成巨大的網絡，在於它牽動了每一張臉孔。

如果你曾經和同伴在夜晚時行走山徑，一定會在某些時刻相信只要有光亮的地方，就會有煙，通常那些時刻也是不得不去相信的時候。

岳打開車門後，一直維持同樣的姿勢……

2017/01/28

在荒蕪的十二號公路上，踩踏沉重鐵馬的孟加拉男子，划槳般推動自己的輪椅前進、一路歌唱的老人，步伐蹣跚、製造沙塵的牛隻，擠在巴士車頂的青年，分別在不同時間與我的單車交會。他們出現不是因為他們在那裡；事物以零星的方式分布，相互揭示彼此。

每天清晨，我和我的單車一起進入霧霾裡頭。灰塵落在我看得見和看不見的地方。荷頓告訴我，無名鎮（Whovillage）有重大危險，我們必須讓整個鎮輕飄飄地落在一株植物上，爬到最高的山頭，將整個鎮放在那裡。這趟路程需要的可不只是勇氣與意志，手中握有一個具體而微的世界，應當細膩以對。

在印度平原騎車的這段時光，特別容易想起這部國小看的動畫片《荷頓奇遇記》。某天，大象荷頓無意間聽見一粒飄在空中的灰塵傳來細微聲響，他用鼻子捲起一株蒲公英接住灰塵，嘗試與裡頭可能存在的世界對話。灰塵裡真的有一個叫作無名鎮的村莊。擁有九十六個女兒的村長聽見了荷頓，也開始試圖傳達自己的存在給外頭傳來的嗓音。

幾天前，Baikola的村長邀請我們在村子多停留一天。見到村長時，我想起mayor這個英文單字就是因為《荷頓奇遇記》才學起來的。村長特別示意我攜帶手機（我的手機後面貼了Legalize Gay Marriage的貼紙，即使到了同性性行為尚未合法化的印度，我也沒有想過要撕下來），才開始帶領我們繞行整個村莊。我的鏡頭即是村長直視村莊的視線，我們隨著他的視線移動，在他指定的地點止住腳步，為他所展示的物事一一照相。同時，他也向村莊展示我們。

我最常被要求拍攝的對象是村裡的神龕、內塔吉的肖像，以及印度國旗。我第一次拍攝內塔吉的肖像時，被要求獻上花朵，第二次村長指定的取景畫面中，學校職員在左下角低頭辦公，他背後的肖像彷彿能夠不斷延伸。村長甚至帶我們去到燒製磚頭的工廠，他要求工作中的人們暫時維持固定的姿勢，我舉起手機立刻按下快門。扛著磚頭實在太辛苦了。

為每一戶人家照相的感覺則大不相同，我偷偷把W老師的方法學起來，先按快門才數一、二、三。由於語言幾乎不通（多數村民不會說英文），只能藉由手勢或眼神理解對方的意思。有時候，我會覺得這種受限的溝通形式十分迷人。荷頓與無名鎮的村長無法看見彼此，袋鼠媽媽（她的角色很像動物世界的護家盟）認為荷頓整天對著一株蒲公英說話會教壞小孩，下令摧毀它。無名鎮的村長知道危險即將降臨，因此召集所有村民，每個人找出手邊所有能夠發出聲響的物品。他們敲擊、踩踏、吼叫，廣場的擴音系統將微小的聲音擴大好幾千、幾萬倍，你可以試著想像聲音變成一群蜜蜂。

和Baikola的人溝通時，你必須用盡「末梢」的氣力。我很想把「末梢」解釋為身體最脆弱、也最敏銳的部分。它能夠感知音頻的震顫、光線的匯流、冰晶與火焰的撞擊，如同幾乎每一種語言都擁有表達極度思念、渴求遠方、浪漫和破除浪漫的詞彙。

暫別印度平原

2017/01/29

Siliguri → Rangpo —Bus→ Namchi → Ravangla

・車掌撕下十張紙條，一張代表20盧比。
（時常看見車掌收錢會由紙鈔的寬邊將紙鈔折成二分之一。）

2017/02/01

搭上離開Siliguri的巴士後，意味著暫別印度平原。此刻我以回想的形式準備寫下由印度平原至錫金，在錫金生活四天的種種，我能夠告訴你Siliguri騙子的技倆、顛簸行駛的吉普車、Ravangla鎮市集的野鴿，和Maenam hill的纖瘦女孩。穿過樹與藤蔓、望見聖湖和風馬旗的視線、剛煮好的白飯與豬肉、Green Tara Temple與河流、移動的實踐與想像、很快被雲遮住的干城章嘉峰。

但也許在當下，這些事情並不是這樣子的。事件正在發生時，會清楚地意識到時間正在流逝，即使陷入某種狀態或情境暫時忽視這件事，心底還是隱隱約約意識得到。這種感覺很像不小心與誰共謀了什麼似的。

我向來認為自己的記憶模式是瞬間、跳躍式的；我特別容易記得某些我認為重要的瞬間，整體的事件變得不那麼重要，當然，這很可能是因為一旦開始回憶，事件本身就是真的遠了。常常聽到「旅行是為了製造回憶」的口號，但我有時根本連當下都不知道怎麼製造；如果持續步行、專注聆聽、指認遠處或近處的事物這類狀態是可以「製造」的，那我又要如何相信「製造回憶」？我唯一能夠確認的，就是事發當下的「共謀」，就是「接近」與「遠離」二者首次對視的時刻。

……

「他是地理老師，所以知道錫金跟拉達克。」

「那他知道這個村子，有這樣的一片樹林嗎？」↓「猛烈的探索帶來理解。」

如果你繼續追下去的話，看待事物的尺度會愈來愈廣，就像有好幾把量尺那樣。但即使你擁有所有尺度的丈量方法，終究無法進入他者的尺度。你在那條線的外頭。

……

Tara是印度教的神。在你被困在河岸邊時，他會拉著你的手領你渡過河岸。知道這個意象令我感到平靜。這並不是出於某個被允諾的未來，而是河流就出現在我面前；河流包含一切過往。在只有燭光光暈照明的廟宇，過往的一切細節如同骨骼般的完整呈現，無法穿渡。

走錫金的山路時不會特別意識到自己遠離了家鄉；目前走的山徑海拔大約兩千多公尺左右，和臺灣中級山海拔相似。走上山前，不論在哪裡都有相似的感受：覺得自己必須重新適應什麼；這種感覺我完全不陌生。

2017/02/02

Khecheopalri ⟶ Yuksom ⟶ Dubdi Monastery

沿著trekking trail蜿蜒而下，一座牌樓出現在左手邊的角落，零零散散的人群在牌樓前活動。煙霧從坐在椅子上烤火的人之間向上飄升；等岳走進我的手機鏡頭範圍，我開始觀察孩子們的遊戲：他們在地上疊起三片石片，手中持粉紅色塑膠球的孩子用力踢毀疊起的石片，遊戲正式開始。這有點類似我們熟知的躲避球，其他孩子四處逃竄，若被擊中，則換他當鬼。

2017 / 02 / 04

此刻我和岳兩個人坐在Second Class的殘障車廂，各自倚靠一盞小小的頭燈為身邊的事物照明——早上由Tashiding搭乘吉普車至Jorethang，原本打算在Jorethang換車去Darjeeling，但後來被告知已經沒有直達車了，要繞到偏離大吉嶺許多的Melli換車。我們決定放棄大吉嶺的行程，直接回到Siliguri領回寄放的單車，準備繼續搭乘火車前往東北七邦。

我們先由Siliguri開始搭乘，到Alipur Duar站後等待隔天清晨四點開往古瓦哈蒂的班車。不過在Siliguri上車時，卻因為被車長勒索而意外得知這兩班車所使用的列車是相同的，也就是說，到Alipur Duar站後，我們無需把單車和登山背包移下列車，只要在列車上等到清晨四點，列車就會再次發動，將我們帶到不算真的目的地的目的地。對旅行而言，沒有一個目的地是終點。

待在一列不會移動的火車上是什麼感覺呢？一列不會移動的火車還算是火車嗎？但待在這裡的時間感很怪，外面傳來的火車、汽車喇叭聲，火車調車移動的規律聲響，喇叭放送的音樂聲讓我深切地知道自己離某個世界極為接近，卻被車廂隔在另一個世界裡面。我在想，也許無法移動的此刻，正是另一場猛爆性的旅行也說不定。

↓旅行——在鐵軌邊生活的人們

情境：B坐在A對面的椅子上，他們剛吵完架，陷入不知如何是好的沉默。B睡不著，但也無法做其他事情，包含書寫，只好緊繃而倔強地坐著。在沒有任何照明的情形下，B看著A打開一個薄薄的塑膠袋，撈出一個長而彎曲、看起來十分脆弱（易碎）的事物。B聽到打火機敲擊的聲音，火焰劇烈地包覆（裹）他的前端，直到A用力吹一口氣，空氣中只騰下火的小小的印痕。A將它勾在窗上，除了橫向的，像是百葉窗的設計，這扇被拉下的窗戶勢必也擁有垂直結構。煙緩緩飄了出來，直到這時B才知道那是蚊香，煙進入室內後，又向外繞了出去。B覺得煙似乎要回到什麼地方，不過這個念頭旋即消逝。（A點完蚊香後，像是毫不在意似地躺下，卻浮躁地不停翻身）B用遲緩的步伐走到對面，才突然哭出來。

與一群曼尼普爾青年的相遇

2017/02/06

待在古瓦哈蒂的一日半很可能是目前除了錫金外最放鬆的時光，儘管剛抵達時住宿不斷被刁難，很多便宜的旅館都不開放給外國人住，最後勉強住進政府機構設立的旅館，但一間房卻要一千五百盧比。也許是突然一次失去太多錢，隨之而來的念頭竟然是「住宿都花這個錢了，那乾脆吃飯也多花點錢好了。」這個念頭奇異地令我們放鬆下來。

古瓦哈蒂和加爾各答充滿暗示的龐雜感完全不同；古瓦哈蒂同樣擁有暗示，但你並不需要費心地破解錯綜複雜的謎題。發現暗示的感覺就像有人把火車站的垃圾全數清除、整棟建築突然變得安靜而空蕩，這令人感到錯愕，同時夾雜些微失落。你會在某個轉角發現巨型的KFC招牌、陳列精緻女裝的櫥窗、擁有遮陽篷的露天餐廳；儘管這一切也可能夾雜在陳舊的雜貨鋪子、路的邊緣烤玉米的炭火中，但你不會像在加爾各答那樣不停試圖去辨認什麼。

・令人著迷的微小事物：烤玉米的炭火、地上的彩虹旗。

……

紀念在Silchar與一群曼尼普爾青年的相遇
——以 Green Day-Wake me up when September ends 手抄歌詞

Roshan's 家族史

二〇〇年前祖先從曼尼普爾到西爾恰爾，爺爺弟弟的妻子年輕時住米佐拉姆，丈夫是警察，退休後搬回Silchar。

她坐在下層的床上，翹著雙腿抽菸。煙霧隨著她的話語顫動。不說話的時候，她就像靜止在那裡一樣，即使煙霧並不是。

Ibuhau 家族的肖像

軍人父親和母親合拍的半身照，布幕是藍灰色的，雖然感覺是去廉價的照相館拍出來的，但仍感受得出慎重。

大家會擠在床上說家族的故事，時不時放聲大笑，儘管我們聽不懂他們的語言。

回憶跟這些男孩的相處過程時，我會努力地將所有的細節找回來，這是重要的。這些細節整體而言由生活構成，我得把這些順序記起來：拜訪Roshan的舅舅和媽媽家、六個人擠一臺嘟嘟車去shopping mall、到shopping mall經過服裝店和錶店的櫥窗、走上樓梯抵達位於二樓的超市、買完醬油後一人拿著一盒咖啡牛奶在街上喝、在Bazaar買了紅蘿蔔和高麗菜、逛了Naga社區、為Ibuhau買了生日蛋糕，再去拜訪他家。不曉得為什麼，我覺得像這樣子和他們生活一天，就能稍稍離他們的歷史接近一些。我所接近的並不是一個大歷史敘述，而是一種由個體的生命構成、能夠隱隱約約望見的集體圖像。

我們來自同個地方——我們都屬於蒙古人種，但與其說他們在乎我們是否擁有相同的來處，倒不如說他們更在意最終我們分別走到了哪裡。

……

"There's so close to the Ocean, isn't it?"

戴著墨鏡，來自阿魯納恰爾的大哥在ferry上對著你大喊，風、河水拍擊船身，引擎運作的聲音幾乎要蓋過他的嗓音。過了布拉馬普特拉河，搭上嘟嘟車，又開始展開一連串的移動，坐在後車廂時，你幾乎以為即將要習慣這一切了。

再差一步，你就會真的相信了。

穿越隧道

2017/02/07

大約一週前，聖岳連結在單車後輪的行李拖車花鼓嚴重損壞，在印度無法維修，只能等待一位三月將和我們在尼泊爾會合的朋友從臺灣帶來新的輪組，才能繼續倚賴單車移動的行程。事實上，我們很可能都非常慶幸這件事發生。西孟加拉邦實在不是個適合騎單車的地方：每天你吸入大量的霧霾，車輛瘋狂的駕駛技術、一長串音色詭異的喇叭聲令你完全無法理解自己到底置身何處，覺得生命都被扯成一串詭異的音符。當你停下自己的單車，身邊會瞬間擠滿圍觀的人群；你完全不曉得他們是從哪裡冒出來的，就像剛拔完草卻下了一場大雨，無法理解雜草又是什麼時候長出來的一樣。

這陣子我們得仰賴火車進行移動。出國前，我確信我的Masi CX旅行單車能夠帶我穿越任何地方，到了印度卻時常不斷質疑這件事。有時我被困在車流中，覺得自己根本騎不出置身的公路和街道；紮營通常是困難的，必須往前不斷推進，直到找出不會亂開價的旅社為止。往前推進時世界無止境的運轉，所做的一切彷彿都回到某個原點。我們以極其疲累的語氣強撐著臉上的微笑，回答每位圍觀者的問題，心中不斷祈禱能夠儘快擁有自己的空間。但和其中某些人的眼神對上時，我又會突然覺得自己正在介入、甚至破壞什麼；我情願自己從未抵達這裡，也情願自己不曾擁有這部單車。

鐵軌將某部分人的生活一分為二，這一岸和那一岸的生活是相互對稱的。你能夠在鐵軌兩邊看見正在曬晾的鮮豔衣物、凌亂的被褥、煮食的炊煙。從古瓦哈蒂到Lumding的路途上，我甚至看到鐵軌兩邊的人們都撿拾了印有甘地頭像的廣告看板做為篷屋的建材，宛若一個堅實、嚴密的社群。當然，鐵軌上也會有零星的小小社群，在加爾各答附近移動的區間車上，有人把整個沙發搬到鐵軌上，她就坐在上面曬太陽。火車接近時會對這些人按喇叭，他們就自動移開鐵軌上的家當，等待火車通過，再回到鐵軌上繼續生活。

Second class（二等車廂）的走道時不時會有人來回穿梭，販賣任何你的想像能觸及與無法觸及的物事。賣礦泉水的小販會把箱子扛在頭上，賣某種咖哩豆的小販則是一手提著裝滿豆子的鐵桶，另一手拿著非常薄的塑膠容器。如果你要買一份那種豆子，他會把鐵桶放在你面前，把豆子舀進塑膠容器裡頭給你。坐在我們對面穿著傳統服飾的姐妹，其中一位還穿了鼻環，用名片那類較硬的紙剪成的紙條舀那些豆子吃。我們也碰上不知如何面對的時刻：一位流鶯直接在走道對聖岳提出邀約。遭到拒絕後，她帶著她的驕傲離開。那是種輕佻、卻絕對不容被侵犯的氣息。

火車駛入森林，穿越平坦的田野。在火車上，隔著一個距離看待事物的時間變多了。我並不因此認為自己正在遠離什麼，儘管真正的接近是不可能的。「穿越」意味著暗示的發生，在池塘裡用力撒下棕色漁網的婦人可能是一種暗示，停在檳榔樹叢中的鐵馬是另一種。背著弓箭的父子，往森林的方向走去。

我們打開平板電腦裡的離線地圖。這列擁有三十幾節車廂的列車前半部的車廂已經開始左轉了，後半部卻仍在右彎。離線地圖記錄著列車行徑路線的變遷：原先隧道並未被打通，列車必須拖曳著曲折的軌跡，繞過一座山頭。甚至最後我們推論那條鐵軌很可能能夠通往緬甸，因為舊鐵路在地圖上顯示的是東南亞規格的米軌，而非印度鐵路常見的寬軌。在臺灣的時候，我們曾經在廢棄的舊隧道裡頭紮營。那時我們的呼吸一定變得謹慎而緩慢；我們或許真的以為，火車的靈魂會從那個迷幻的深處衝出來，但卻不曾發現，可能是自己被吸進去了。

前幾天，我們悄悄回到一列暫時不會開動的火車上，在火車裡渡過一夜。

大約晚間十點左右，我們抵達Alipur Duar站，原本打算在車站睡一晚，等待隔天清晨四點開往古瓦哈蒂的班車，卻被車長告知我們能夠留在車上，清晨四點這輛列車會繼續開往古瓦哈蒂。重新走回列車上，電源全數被切斷。世界並未跟著死去，我聽見遠處傳來的汽車喇叭聲、火車調車移動的清晰聲響、巨大的電子音樂聲使我明白自己仍然與某個世界極為接近，但卻被隔在另一個世界裡。

我們在空蕩的車廂中為了非常小的事情吵了一架，與其說在旅行中，任何微小的事件都能夠使接下來的旅途變得令人難以忍受，我寧可將我們的爭執視作為了避免旅途的重量變得太輕，得用這樣的方式使重量回復。他想躺下，身體卻十分僵硬，而我也在他對面的座椅上無法動彈。隨著時間過去，他緩慢地從背包中摸出一個非常薄的塑膠袋，拿出一截細長的物體，直到打火機敲擊的聲響傳來，我才知道那是他在泰國買的蚊香。火團包裹住蚊香的前端，吹熄後只剩下火星，煙霧一絲絲地飄升。他把蚊香卡進窗縫，關上的窗戶上面有百葉窗式的橫紋，但肯定也有垂直的結構。

我站起身，往他那張椅子的方向走過去。坐下來後，我將原本深吸的一口氣吐出，才真正開始流淚。我必須用盡全身的力氣節制自己的情感，才能允許自己流淚。我若不這麼做，火車就無法駛進沿著平原開展的夜色裡，而我也無法和他在車廂裡再多待一些時間了。

美麗世

2017／02／12

North Lakhimpur —Bus→ Majuli

接近日落時分，住我們隔壁的法國男子和美國老夫婦提議步行至兩公里外的地方看夕陽。即使對現在的我而言，重要的並不是夕陽本身，「走到太陽下山」這件事可能比較吸引我。

步行的過程中，有許多物事和我們擦身而過，比方說一大群牛隻，搬運稻草的婦女，但那些騎著老鐵馬遠去的人們的身影卻比其他事物在我腦海中停留更久的時間，久久揮之不去。他們的時間似乎與這個地方所有人的時間不同，這種感覺和在十二號公路上有點類似。

我跟岳岳說，我想乾脆在印度搞一臺老鐵馬回臺灣，以後就騎著它環遊世界。我欣羨那種時間感。我們開始談論單車的結構，岳岳說其實他的臺灣雲豹是老鐵馬的三角結構，我的Masi這類歐洲車款結構上就有差異。

・印度大眾單車品牌：Hero

有時我真的會覺得在印度騎單車就像在傷害什麼一樣，但實際上到底什麼事物被我傷害了我並不清楚。這種傷害的感覺並不真的是因為撞見此地的匱乏或貧窮；我從不真的認為印度是個貧窮或匱乏的地方，相反地，我認為這裡充斥生命的象徵意涵。我認為自己傷害了這個地方是因為自己擾動了時間與空間裡的什麼，覺得自己存在的不和諧。

和諧的方式唯有抗爭。我們在圍觀者聚集時死命守衛自己的家當、拖車輪組毀損時蹲在路邊維修。有時你並不確切知道自己在守衛什麼，但你只能死守著。你得這麼做才能對等地站在這個地方、才能繼續踩踏下去。

那些騎老鐵馬的人出現時，他們的存在就不只是當地的一部分而已，因為彼此已然產生關聯，即使你們並不實際接觸過。他們從這裡到了那裡，靜悄悄地向時間和空間裡的什麼抗爭，同時致意。但這樣的存在很接近吳明益《浮光》裡的〈美麗世〉。他為之神往，也為之神傷。

……

洪堡德從來不曾覺得離家這麼遠，要是他現在死去，恐怕得要經過數月還是數年，家人和親友才會發現。

他知道這封信不可能抵達目的地，但並不要緊。在他們當天晚上停留的安地斯偏鄉寫信，是洪堡德唯一能與兄長的對話方式。（P. 105）

——即便已經到了遠方，這是不是也是「千百種限制與孤獨？」

2017／02／15

Guwahati Stay

這陣子開始覺得「身體裡的聲音消失」，在觀察和記錄上都未能擁有突破，找不到什麼核心。修過自然書寫與閱讀過《博物學家的自然創世紀》的經驗告訴我，核心介於理性、縝密的探索和靈魂深處的感知之間，最近的我無法由一個又一個小小的核心一一擊破，我想我必須開始成為蜜蜂了，如果不這麼做，我想我會漸漸死去的。

「理解事物的運作法則」對我而言仍然是困難的吧。即使也稍稍瀏覽過一些資料，我卻時常無法把資料和實際事物連結起來（也許是因為這樣我才無法一直專注在檢索資料上）。

我想，總有一天，我必須理解火車往何處去、在哪一站會車、所經過的地方地景如何呈現。我得去設想一些情況：他站在平交道前等了二小時，但他從來不可能知道那班火車已經被取消。這件事在這個村子從來不會知道。他們再也沒有愛情。他知道火車開出去的時候會往北方轉彎，他以為他只記得這件事。

火車轉彎時，不同階級的人們必定都經歷相同的奇幻時刻（車廂晃動），這些晃動都可能改變某些人的一生。

你必須知道火車在哪裡會車，否則你不會知道一對青年男女躲進行李廂，迎接他們的是無數火光。（汽化蠟燭是把汽油倒入形狀像蠟燭的金屬罐裡）

你必須知道和移動相關的種種，但有時你寧可自己什麼都不知道。你就會以為大家都會和你去到相同的地方。

・印度平原——階級分明

・東北——彼此接觸

抵達加德滿都

2017/02/18

Kathmandu

我其實不太想知道自己到底怎麼到這裡來的，仔細回想起來，很多時候你根本不知道自己是如何到達某些地方的。最好別太用力回想，否則這件事會失去意義。

我大致可以把從古瓦哈蒂至加德滿都的移動告訴你：先搭乘週四下午六點半由Kamakhya Junction開往Muzaffarpur的長途火車，勉強擠上殘障車廂的上鋪，加上誤點時間隔天下午將近四點抵達Muzaffarpur，在幾乎沒有做任何事的時間的情況下搭上六點四十五分開往邊境城市Raxaul的班車，卻又因為誤點在絲毫不打算移動的車廂待了四小時，總算才在深夜兩點抵達邊境的車站。

當你清晨自上鋪醒來，隨之展開的是永無止盡的晃動。你幾乎以為自己已然熟悉這樣的狀態，就像身邊那些把整個生活搬上列車的人們。世界在近乎沉睡的情境和節奏中晃動，今天的雲層將地平線之上的一切包裹住，只是地平線實在延伸至太遠太遠的地方了，導致在這裡生活的人們都認為自己已然離開了什麼：原本在田埂上嬉戲的孩童，看見火車從眼前通過，都會作勢將手中的物事拋擲出去。有時是竹枝，有時是泥塊。但我曾看過一位男孩的手始終空著，列車通過的速度正好足夠被一把隱形的槍射擊；他比出開槍的手勢，但在我意識自己被子彈擊中前，他很快地繳械了。

「找不到繼續下去的理由」是件極為尋常的事，總是會有一些時刻你完全不知道自己為什麼在這裡；你感到荒謬、與處所的不相稱，沒有任何事物能夠說服你。岳岳的視線從沒自窗外移開，他在看什麼？他在看什麼呢？與其說他正專注於某種事物上，他的狀態比較像是他者的時間都在他自身之外。有的時候，我會懷疑這算不算是對他人漠不關心的結果。你知道的，有時候即使是愛也很難找到理由。我想在此跟各位說明一下旅行另一層面的特質：理由時常存在於不特定的事物中，吹到一陣良好的風、撞見挑沙子的老婦人，感受會立即變得截然不同；理由並不會很明確地被「找回來」，但你知道自己在某個地方。你知道自己就在某個地方。

接近Raxaul時，倚靠登山背包坐著睡眠的我又肩頸痠痛地醒轉。紫色的深夜是黑暗被照耀的結果。我問岳怎麼會這麼亮，他伸手指著車廂另一側，對面巨大的工廠釋放過多的照明。霧氣像過多的睡眠般沉降，而我明白這種光亮不是真的。

・加德滿都長髮（稍長）男子縫補鞋面的神情↓《天橋上的魔術師》

・沙子裝進老婦人的背籃

營地生活

2017 / 02 / 20 ~ 2017 / 02 / 21

・「你到底會不會愛？」「我不知道，愛都是你教的。」《沙郡年紀》

1. 誰才可以隨大雁而去！〈但願我是風〉
2. 矛盾為終結 ↓ 經歷夠多凝視和親近之後，也就沒有荒野可供珍愛了。〈沼澤地的輓歌〉

・《三個傻瓜》——他曾像風一樣自由

2017 / 02 / 22

Trekking from: Salaukhu Khola **附近營地** ⟶ Fikuri ⟶ Kaule Besi Bazaar

在溪谷紮營對我是件具有特殊意涵的事。試想像山和山之間有一個既開闊又隱密的地帶，人們下到這裡捕魚、煮茶、紮營，就像活在巨大的搖籃裡面似的。尤其到了夜晚，當你走出帳篷取水，會先被谷風吹醒，內裡和末梢的感官因而變得異常敏銳。你必須放輕腳步，憑藉腳尖的力量，將體重從這顆石頭移到另一顆石頭，當你這麼做時，會突然以為星辰和月亮如此近地陪伴著你，但它們不過只是如實地在那裡而已，你突然成了全世界最寂寞的人。

你必須面對黑暗，隨之抗衡的是在黑暗中生成的光明。你握拳面對著山壁，溪裡石頭彷彿能夠浮出水面。《複眼人》裡複眼人只在某些情形下出現並與人對話：獨處的時候、陷入必須面對什麼的時刻。哈凡的伊娜和複眼人說話時就是在溪邊，而哈凡終於追上尋找廖仔屍體的伊娜時，「伊娜的頭髮在水裡散開，變成一朵黑色的花。」

我在暗夜的溪谷謹慎呼吸時，真的會以為複眼人隨時都會來跟我說話。我以為他會朝我走來；我準備迎接他的到來，心裡面也有東西一直向外流去。我去過排骨溪之後，我虛構了他的死亡，用文字重現此地人們古時征戰的情形；最終一切終將逝去，而重現、逝去即是生和死的往復。從前的我可能會這麼說，但現在……

- 尼泊爾老婦人VS.緬甸（東北）老婦人
- Where are you going? → Fikuri婚禮坐我對面的男孩圍著深色KATA問我。

2017／02／23～2017/2/26

Kaule Besi——→Singla Pass——→Sertung

自從離開Kaule besi後，就沒有遇到什麼村子了，只有零零星星要回Rupchet的村民，以回憶的角度看來，向他們問好的同時意味著該向某些事物說再見了，但在當下我們可能尚未意識到這件事；你以為自己不過是繼續往哪個方向走去，對於正在走進什麼卻毫無覺知。

前兩天的山徑以陸上居多，在二十三號過夜的溪谷營地前，我們不曾發現雪的蹤跡，要是雪線再低一些，這幾天的生活可能會發生全面性的改變：事實上我們難以指出什麼事情會造成全面性的改變；可能是一雙被遺忘的手套，調整得稍微不平均的背包側帶，也有可能是喜馬拉雅熊的爪印，地震中塌毀的山路，或者是我們終於接上正確的路徑、離Sertung村只剩一公里時所見的喜馬拉雅猴（待確認，白面）。

二十三號時，我們不斷抓緊每個與村民相遇的機會，儘可能確認往Rupchet的路徑是否正確。每個人指著遠方的路的手勢和眼神都不一樣，有些人會背向遠方直接對空比劃出一條彷彿不存在的路徑，而有些人會鎖定遠方，使遠方成為真切存在的事物。

在谷地紮營是種完全令人無法想像的可怕，在沒有刀的情況下，砍斷樹枝做為柴火是幾乎不可能的，只能撿拾落在地上的木頭或村民砍樹劈出的木屑。但即使已然生火，低溫還是以一種令人無法想像的方式滲入我們的帳篷裡、身體裡。你在將近清晨時分醒來，所有置放在帳篷外的裝備都結了一層霜，而夜晚的氣溫也超過了你睡袋的極限溫度，只能在睡袋裡不斷發抖。離開谷地時，我們仍然必須將所攜帶的衣物全數穿上走一段路，才能脫離缺乏陽光的冰冷所在。

已經開始不再相信自己所設定的時程，也不能全然倚賴地圖上的路徑；村子裡的人報的路時常比地圖上的路輕鬆許多，能夠走平緩的古道。但時間時常是不可信的。

・尼泊爾人↓映著山的民族、肖像（背山、面山的時刻）

・要學生火必須從顧火開始學起↓必須先瞭解火的特性

⋯⋯

我從沒有這種瘋狂書寫的衝動，即使曾經有過，也不曾像現在一樣瘋狂思念著什麼。洪堡德有時也會陷入「在夜晚瘋狂寫信的時刻」，但他隔天便會忘記這件事，要幾個月後才有可能再次發生這種情況。在超過海拔三千五百公尺的這幾天，我激烈地陷入回憶的狀態，即使這麼做是有風險的，但回憶仍然無時無刻像寒冷一樣侵襲我的腦海。

人生跑馬燈不只是瀕死的時刻才發生，事實上在獨自一人時就不斷在發生著。接近死亡時，不過是影片的最後幾節，你下意識地罵聲「啊幹」，就開始步入結束的時刻。那時我們必須自一面積雪的山壁下切，除此之外別無他法。為了避開過於陡峭的地勢，我們一手扶著山壁，打算慢慢沿著山腰之字型到達下頭。但我在積雪上踩出腳點時踩得不夠硬，一腳不穩，另一腳偏偏又踏進大腿深的積雪，重心不穩的結果導致我開始滾落山壁。一陣空白之後，求生的本能迅速填補縫隙。我本能地將手插進雪裡，身體才停止滾動。

接回沒有積雪的山徑後，我陷入接近譫妄的狀態，瘋狂地想離開這他媽的一切。但離開地獄的方法是只能繼續行走，連流出一滴眼淚的時間都不被容許。是真的沒有那個時間。

在白天看來親切而美麗的地方，到了夜晚卻會成為登山者的地獄。當然，你能夠在太陽隱沒之前看出一些跡象，變成枯骨的樹木意味著季節的殘酷，霜凍的草原則意味夜間驟降的氣溫。盡可能不要全然信任任何地方，即使必須倚靠它。

@Sertung

・Singla南北向，北面雪多／牛羊四月上山，十一月下雪前下山

・溪谷都是硬冰

2017/02/28

@hot spring

・底線 → 堅持不冰攀 → 知道自己達不到某個狀態

趕牛犁田的人的吆喝聽起來像是吟唱，已然形成旋律。時而盤旋、低沉，時而拔尖，輔以口哨。而你知道這一切可能會消失，或轉變形式（trekking route 被打算做起來）。

2017/03/01

今天早晨吃飯時感覺左下排某顆剩下一半的牙齒開始鬆動，這是昨天吃Roti時不小心咬到過焦的部分造成的。把米、麵粉和睡墊用力塞到大背包底層，將更輕的事物疊在上層，即將打包完成準備離開前，我用各種方式想直接把那顆牙齒搖下來。留了一些血和無數疼痛之後，牙齒總算脫落了，但我卻也開始暈眩，走了一小段草木叢生的陡上路就無法再繼續前進。

於是我們又回到溫泉附近的營地，將帳篷重新搭好、營火重新升起。幸好昨天撿了過多的柴，不需擔心一整天無柴可用。我躺進帳篷裡，即使蓋了睡袋，身體還是些微發冷，暈眩也沒停止的跡象。

雖然如此，我們卻也得到一整天的營地生活。我們的營帳紮在吊橋下方，離溫泉水池只需要幾公尺，為了避免隔日清晨水氣凝結弄溼帳篷，我們設法使營火的熱氣能夠進入帳篷。

出發的日子至今，我們的營地生活儼然形成一些規則和規律。我主要負責的工作是撿柴，岳負責生火和煮飯，其他瑣事也幾乎是我在處理，因為岳不能離開那堆火。

在缺乏山刀之類工具的情況下，只能盡量搜尋掉落的乾柴。在低海拔地區（兩千公尺以下）的溪谷地帶通常能撿到岸邊的枯枝落葉，如果往高處走，也能在山徑上撿到乾燥的木頭（氣候不溼、砍柴的木屑）。高於兩千公尺、又是在迎風面的山坡，則能夠輕易撿到經歷風霜、枯骨一般的樹幹和枝條（種類？）。

在溫泉營地這裡，我分別在以吊橋連接的兩座山上撿拾木柴。靠近我們這一側是背負木柴（有葉和無葉）的婦人家。大約早上九點她們空著手到吊橋另一頭砍柴，下午三四點才會一籃一籃地回到這一頭。另一頭的山徑上能夠撿到許多廢棄的木頭，也有許多乾燥的動物糞便。羊和驢子會列隊過橋，小羊的叫聲很像嬰兒哭泣。

書寫與山——線的兩端

2017／03／04

書這種東西一定會一直存在的，一定會有人需要書→Sertung住處廚房內的火堆有時我會覺得那象徵希望，爐子裡的食物總是不會使路過或特地前往此地的旅行者失望。但看過老闆娘煮食的一切過程，會推翻這種說法；你會覺得不過是有某個人在某個時刻適時地找來一些柴火引燃而已，老闆娘的神情看起來很輕，卻一再擔任以生命的重量引火的角色。

1. 河階地—Hindung、Sertung梯田
2. Another Way→山的另一頭、懸崖路

……

因此，歷史，不論是沼澤史還是市場史，都以矛盾為終結。這些沼澤的最終價值就是：它們屬於荒野。而鶴是荒野的化身。但所有的荒野保護都是自我欺騙，因為想要珍愛荒野，就必須凝視它、親近它，然而，經歷了夠多的凝視與親近之後，也就沒有荒野可供珍愛了。

——《沙郡年紀》，〈沼澤地的輓歌〉，李奧帕德（Aldo Leopold）

2017/03/05

親愛的聆聽者，請原諒我，這幾天的我無能好好書寫，意即我已經許久不曾好好對著某個不甚特定的對象說話。我現在有了寫信的衝動，只是不知道該將誰設置為接收訊息的對象。也許我真的該好好找一個人說話了。

當我進入上述的狀態，書寫這件事開始變得不一樣了，開始產生奇特的療效。這並不是指書寫是種做為治癒什麼的媒介，但有某個世界在寧靜之中突然舒展開來，這會令我聯想到Hindung那場很快襲捲而來，卻也很快收拾自身離去的冰雹和雨水。

我想將這個情境命名為山，而我為之脆弱，同時與之抗爭的是不斷的情感拉扯。

從第一個溫泉到Hindung的路上，你必須過兩次橋。很多時候都是這樣，這岸沒有路，就想辦法到另一岸，最後再設法越過什麼回到這岸來。我們一直在做類似的事情，即使兩個村子所在地擁有相似的海拔，你也必須先下切到非常低、幾乎接近溪谷裡的地方，再緩慢地爬回另一個村子的海拔。

塔芒以前的健行路線有許多河階地，因此能夠開闢成壯闊的梯田景觀。接近村子的時候，就可以聽見犛牛的人們各自不同的歌曲，每種音調的存在都是為了使這一切趨向和諧，但從某些角度看似乎又不是這麼回事。

離開Hindung住宿地的早上，吃著puri時男主人的父親平白無故地遞給我們一張單子，上面寫一千尼幣的款項。我們以為是餐費的收據所以很快地將一千尼幣給他，但沒想到臨走前男主人又開了一張收據給我們，上面詳細列出餐食和食材的款項。我們表示了疑惑，他父親就將一千尼幣的收據拿出來指著上面的文字，我們才看清楚那是資助修築通往Ganesh Himal健行路線的捐款聯。他父親用半威脅的口吻和我們說：「If you don't pay, we will don't like you.」我們回到Sertung時向當地的NGO確認，才得知我們可能被騙了。

今天以前（3/5），我一直不太能確定拉扯自己的事物到底具體的是什麼。我只知道自己受不了他的毛毛躁躁（儘管我知道那是出於他十分重視每個細小的環節），以及缺乏核心卻異常篤定的步伐。我想我已經寫過、思考過不下數百次，但我認為他缺乏核心也可能是我對他的核心缺乏理解。我終於在今日理解他情感拉扯的所在：我太少在帳篷外陪伴他。

2017/03/06 ~ 2017/03/08

對了地圖之後，確認了我們從Singla硬是下切：向北的河谷，在那之後我們由經過Sektang的小徑回到主路，走到一處草場不小心往Borang方向走，發現河流走向是向西而非向北才轉換方向。

・Hindung後山森林燒出一道痕跡。

……

我想我也許已經能夠試著解釋「孤獨」這個詞彙的意涵了，只不過必須以在山上的思維這麼做。除了思考自身的孤獨之外，我也必須設想伴侶的孤獨，兩個人不只千百種的孤獨碰撞起來雖然能夠使寂寞被免除，卻往往會陷入比寂寞更艱難的處境。

我很清楚自己對山的理解仍然甚少，但有的時候卻又覺得自己能夠理解山傳遞的訊息。我在想他的孤獨是不是害怕自己事實上終究到不了任何地方，這種潛在的恐懼藏在每個徒步者的心中。我並不想成為這種孤獨的擁有者，我並不想全然跨越到線的另一頭：線的一頭是對世界的認知，另一頭是對自身的體察，而我希望自己站在這兩者之間，因此必須承擔情感的拉扯。

・面對Ganesh Himal時，Singla在身後
  - 面山（趨向某事物）
  - 背山（遠離）

・People gets weak

不抱希望的抵抗

2017／03／15

苡珊：

我不曉得自己能不能夠活下來將這封信交給你，如果我能，我希望能親自在加德滿都交給你這些話語，但若我不幸和聖岳死於現在藏身的狹小岩窟，這些文字會隨著時間緩緩地被浸溼成糊爛的紙漿，那麼就再也沒有人能夠讀到它們了，但即使是如此，此刻我仍然必須留下什麼。書寫這些文字目的也許並不真的是為了被發現，而是因為我始終相信你所說過的：有些事物即使不被發現，卻不代表它不存在。這件事深深地印在我心中接近信念的物事裡頭。

原諒我此刻的字跡非常潦草，這裡的積雪尚未消融，氣溫一直都非常低，每天我們為了節省存糧，一天只能吃半包餅乾，我的體力已經逐漸開始不支了。

我從未像現在如此貼近死亡。

我已經能夠體會約翰．伯格所說的「死者默默等待的想像」，也開始理解為何他說宗教的存在是為了明白生者和死者之間的交換。我和聖岳原本都是不特別信神的人，但每天我們開始自創許多宗教儀式試圖去得知自己的命運一點點。我們每天都處在盼望、恐懼、不安和偶爾的絕望之中，談論過去和未來都是痛苦的。有時覺得自己既遠離了希望，但也遠離了絕望，雖然時常掉入不安的深淵之中。

在寫這封信給你時，我才意識到是你和明益教會了我什麼是「抵抗」。明益告訴我們書寫是為了抵抗死亡，而你讓我知道什麼是以書寫抵抗遺忘。對此刻的我而言，遺忘並不是真的忘記了什麼，而是事物開始被記起的時刻，儘管那些事物可能不能明確地被指認了。

如果我們有幸被救援，我們原定半年的旅程可能就不能繼續下去了，旅行的責任暫時由你接續下去，我們已經凝視過一次死亡。我現在非常思念自己生命所經歷過的一切，同時希望自己能活著繼續承擔生命。

你知道嗎？直到今天我才給岳看了你在一月十七日前寫給我的信以及我在這一路以來寫的日記。在等待被救援或者死亡的時刻，我們才對彼此告解，即使是情人，也還是有可能直到這樣的時刻才會告解。我因為回憶止不住地大聲哭泣，但同時也感受到某種堅實的溫暖。抱歉即使是離死亡如此接近的時刻，我仍然不知道該如何把想和你說的全數以文字的形式表達。但我總相信你對我的生命是理解且珍惜的，我多麼希望能和你再說上一句話、一起騎一趟車、談論一段美好的文字和某些人，如果最後我跟岳終將一死，請不要過度地悲傷，你所做的便是去愛人，就去愛吧，答應我好嗎？

宸君 2017.03.15

致羅苡珊

這是旅途中留下的最後一張照片。三月八日在尼泊爾山區Tipling的國際婦女節活動。兩人六日到Tipling，遇到當地NGO，聽說八日「有活動，會宰羊」，特地多留兩日，結果當天沒吃到羊，倒是與當地人玩在一起，還跳了舞。

——2017.3.8 ©

尼泊爾山區Singla pass附近。

——————2017.2.25 ©

尼泊爾山區Singla Phedi附近，當天在展望處露營。

———2017.2.24 ©

這天來到Baikola村，村長帶他們環視村中各種角落，在村長的要求下，磚頭工人暫停動作以供拍攝，沿途也拍了神龕、內塔吉肖像、男人與羊，及村人心中引以為傲所欲展現的物事。

———2017.1.24 ©

從加爾各答市區的路面電車向外望。

————2017.1.21 ©

這天到加爾各答看人民影展，梁聖岳盯著人民影展的外牆，
而劉宸君凝視著他的背影。

————2017.1.21 ©

劉宸君的單車，在花蓮38-1鄉道。

————2016.11.13 ©

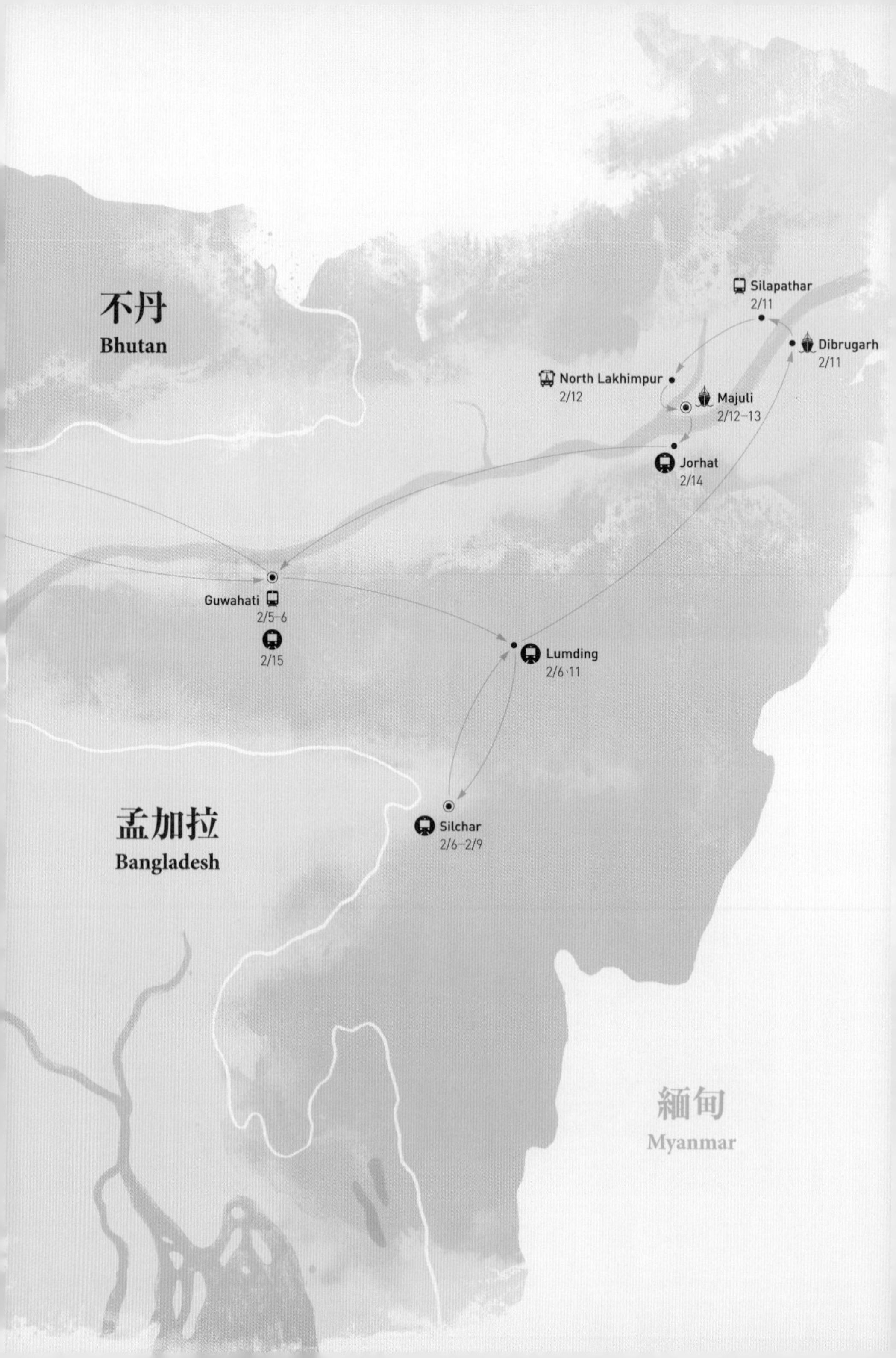
不丹
Bhutan
Silapathar
2/11
Dibrugarh
2/11
North Lakhimpur
2/12
Majuli
2/12–13
Jorhat
2/14
Guwahati
2/5–6
2/15
Lumding
2/6、11
Silchar
2/6–2/9
孟加拉
Bangladesh
緬甸
Myanmar

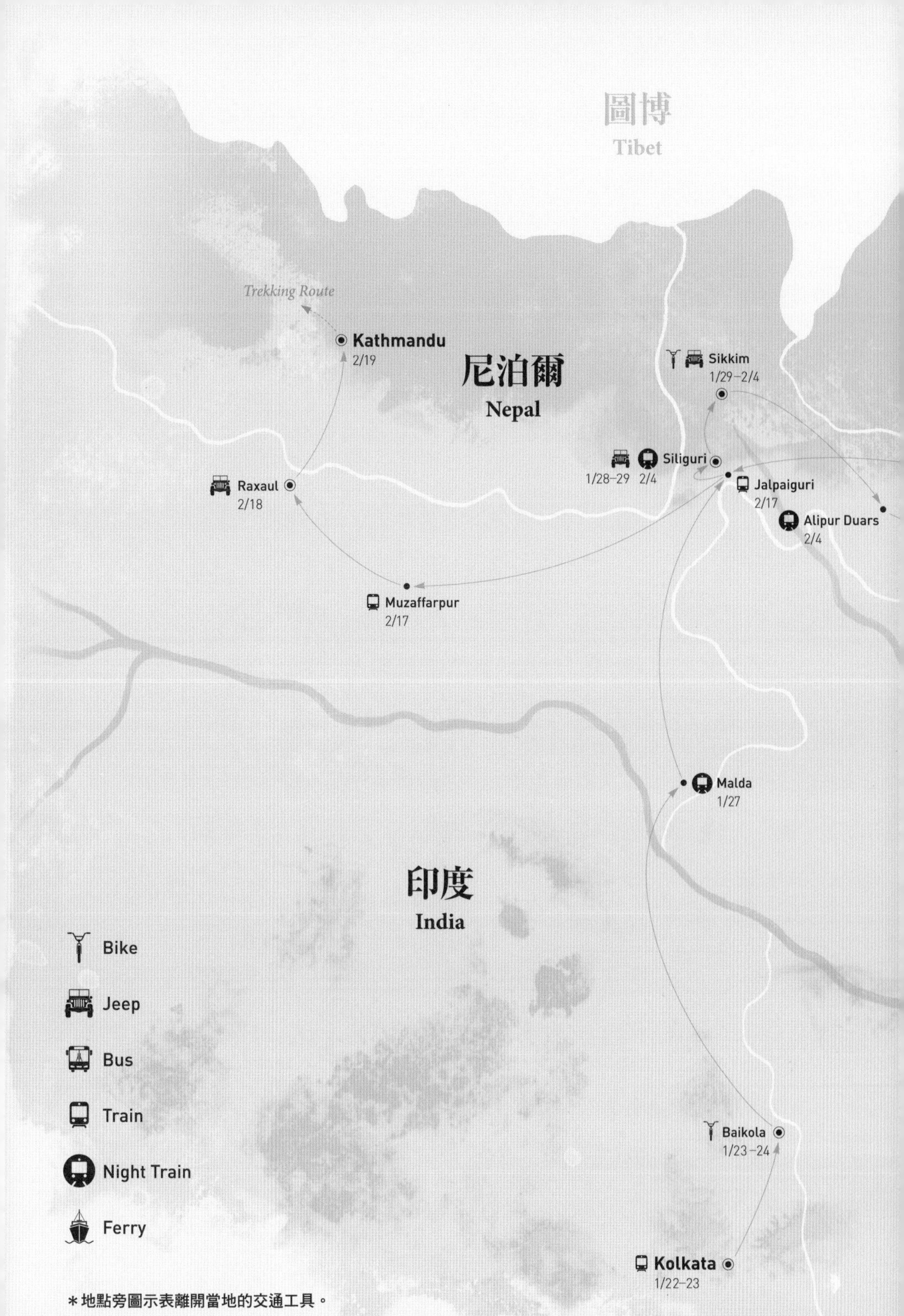
圖博
Tibet
Trekking Route
Kathmandu
2/19
尼泊爾
Nepal
Sikkim
1/29–2/4
Siliguri
1/28–29
2/4
Jalpaiguri
2/17
Alipur Duars
2/4
Raxaul
2/18
Muzaffarpur
2/17
Malda
1/27
印度
India
Bike
Jeep
Bus
Train
Night Train
Ferry
Baikola
1/23–24
Kolkata
1/22–23

＊地點旁圖示表離開當地的交通工具。

2017.02.18 Kathmandu

我其實不太想知道自己到底怎麼到這裡來的，仔細回想起來，很多時候你根本不知道自己如何到達某些地方。最好別太用力回想，否則這件事會失去意義。

我大致可以把從古瓦哈蒂至加德滿都的移動告訴你：先搭乘（週四）18:30由Kamakhya Junction開往Muzzffabur的長途火車，勉強擠上殘障車廂的上鋪，加上誤點時間隔天下午將近四點抵達Muzzffabur，在幾乎沒有做任何事的時間的情況下搭上六點四十五分開往邊境城市Raxual的班車，卻又因為誤點在絲毫不打算移動的車廂待了四小時，總算才在深夜兩點抵達邊境的車站。

當你清晨自上鋪醒來，隨之展開的是永無止盡的晃動。你幾乎以為自己已然熟悉這樣的狀態，就像身邊那些把整個生活搬上列車的人們。世界在近乎沉睡的情境和節奏中晃動，今天的雲層將地平線之上的一切包覆住，只是地平線實在延伸至太遠太遠的地方了，導致在這裡生活的人們都認為自己已然離開了什麼：原本在田埂上嬉戲的孩童，看見火車從眼前通過，都會作勢將手中的物事拋擲出去。有時是竹枝，有時是泥塊。但我曾看過一位男孩的手始終空著，列車通過的速度正好足夠被一把隱形的槍射擊；他比出開槍的手勢，但在我意識自己被子彈擊中前，他很快地繳械了。

「找不到繼續下去的理由」是件極為尋常的事，總是會有一些時刻你完全不知道自己為什麼在這裡，你感到荒謬、與處所的不相稱，沒有任何事物能夠說服你。岳岳的視線從沒自窗外移開，他在看什麼？他在看什麼呢？與其說他正在專注於某種事物上，他的狀態比較像是他者的時間都在他自身之外。有的時候，我會懷疑這算不算是對他人漠不關心的結果。你知道的，有時即使是愛也很難找到理由。我想在此跟各位說明一下旅行另一層面的特質：理由時常存在於不特定的事物中，吹到一陣良好的微風、撞見挑沙子的老婦人，感受會立即變得截然

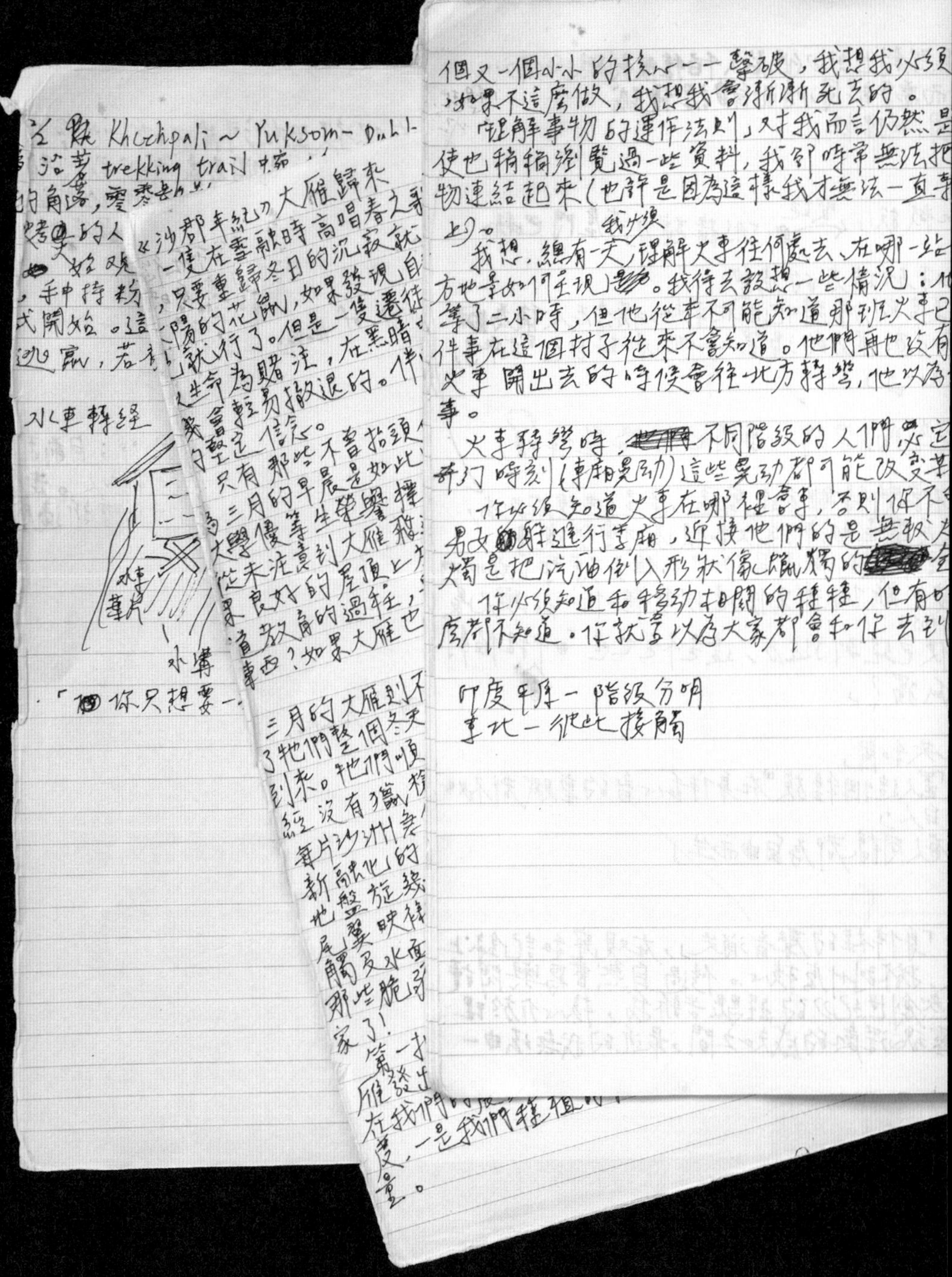
Khechpali ~ Yuksom
trekking trail
水車轉經
《沙郡年紀》大雁歸來
一隻在雪融時高唱春之歌
，只要重歸冬日的沉寂就
陽的花鼠，如果發現自
就行了。但是一隻遷徙
生命為賭注，在黑暗中
會輕易撤退的。
只有那些不曾抬頭
三月的早晨是如此
大學傻等生榮譽標
從未注意到大雁飛
果良好的屋頂上
道教育的過程
東西？如果大雁也
三月的大雁則不
了牠們整個冬天
到來。牠們順
經沒有獵
新融化的
地盤旋幾
家了！
在我們的
一是我們種植的
「你只想要一
個又一個小小的核心一一擊破，我想我必須
，如果不這麼做，我想我會漸漸死去的。
「理解事物的運作法則」對我而言仍然是
使也稍稍瀏覽過一些資料，我卻時常無法把
物連結起來（也許是因為這樣我才無法一直
上）。
我想，總有一天（我必須）理解火車往何處去、在哪一站
方地是如何呈現。我得去設想一些情況：他
等了二小時，但他從來不可能知道那班火車已
件事在這個村子從來不會知道。他們再也沒有
火車開出去的時候會往北方轉彎，他以為
事。
火車轉彎時，不同階級的人們必定
許多時刻（車廂晃動）這些晃動都可能改變
你必須知道火車在哪裡會停，否則你不
是女群進行著廟，迎接他們的是無數
燭是把汽油倒入形狀像蠟燭的
你必須知道和移動相關的種種，但有
處都不知道。你就可以為大家都會和你去到
印度車廂－階級分明
車站－彼此接觸

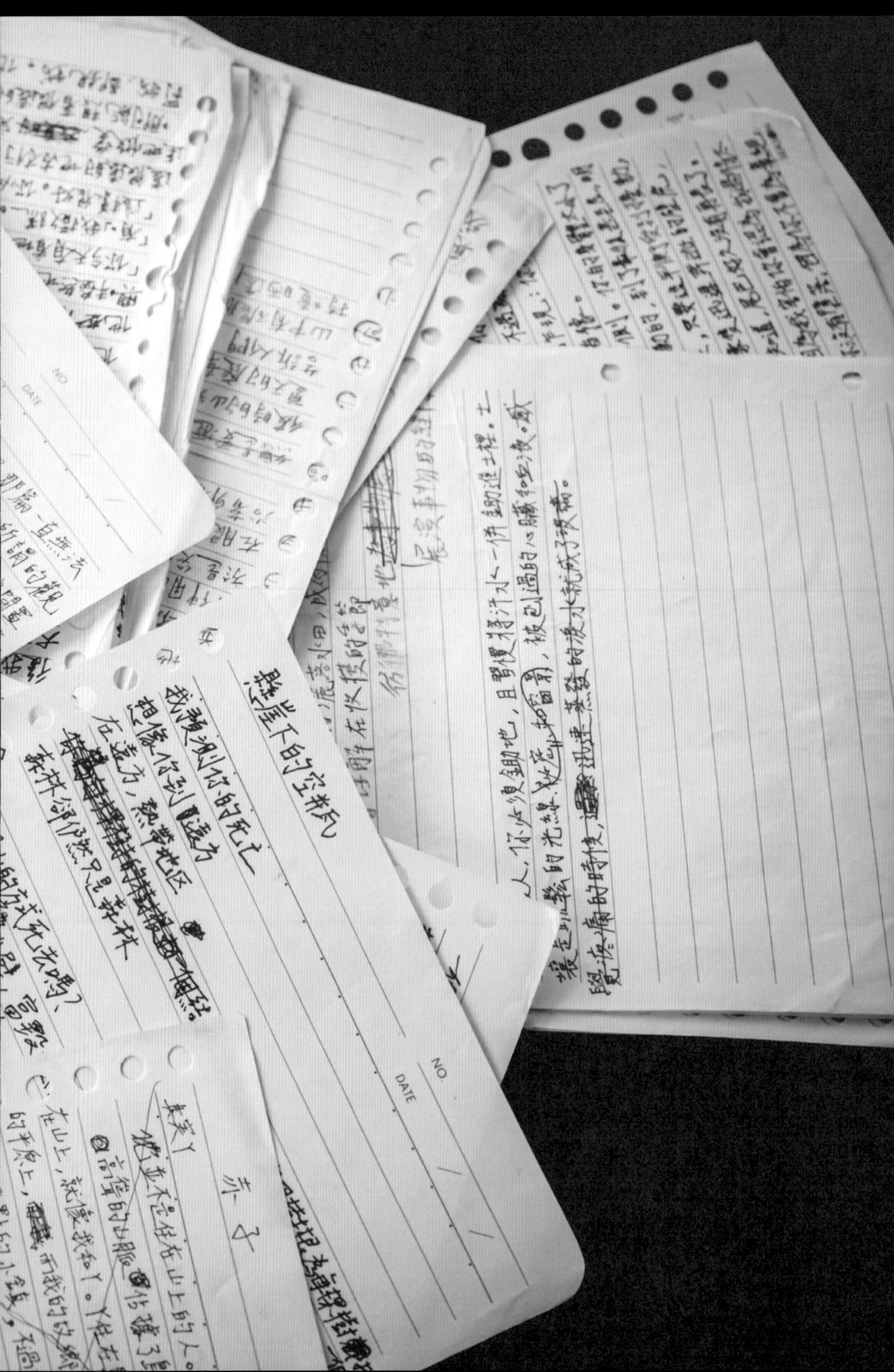
懸崖下的空瓶
我預測你的死亡
想像你到達遠方
在遠方，熱帶地區
森林卻仍然只是森林

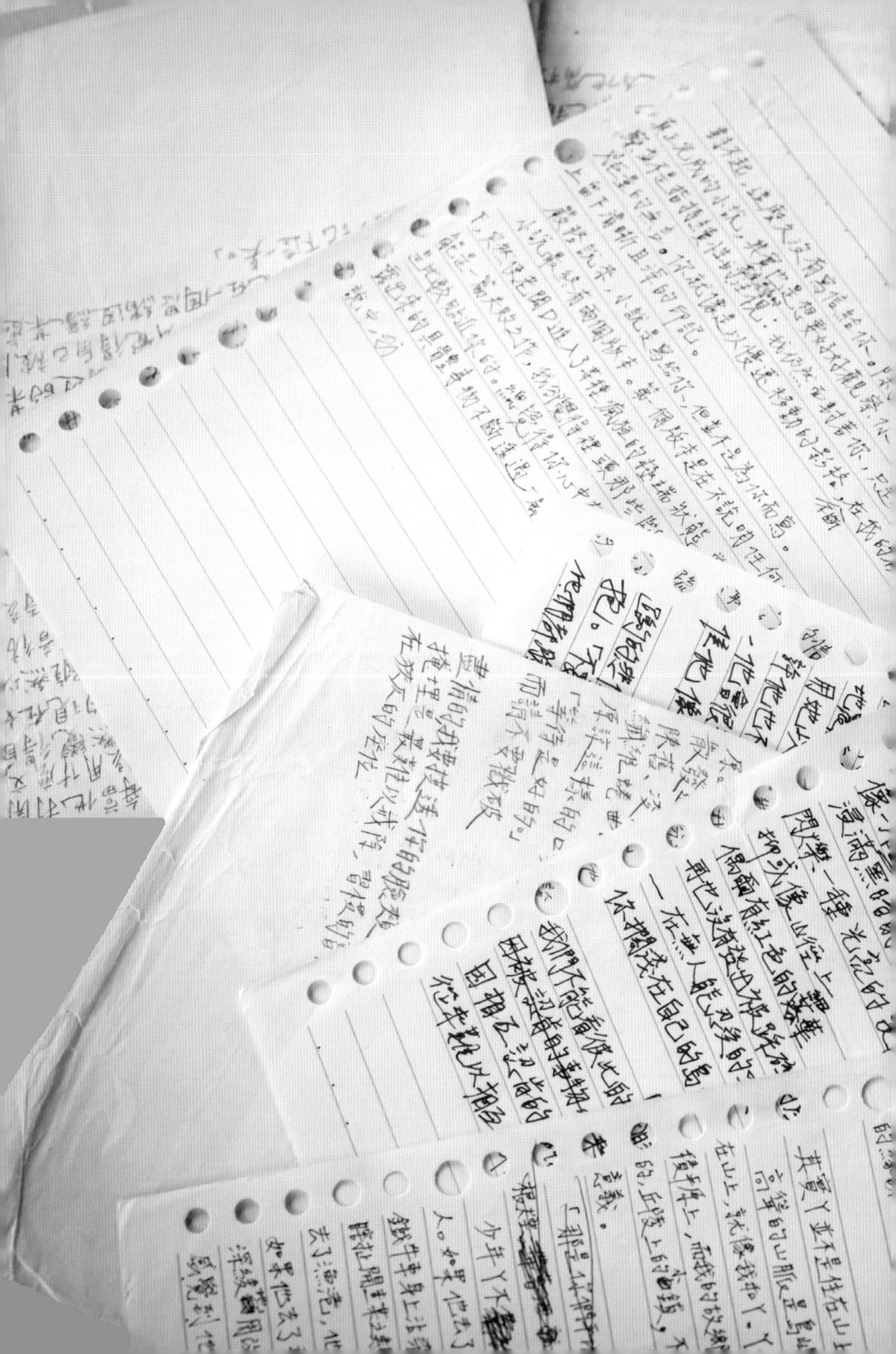

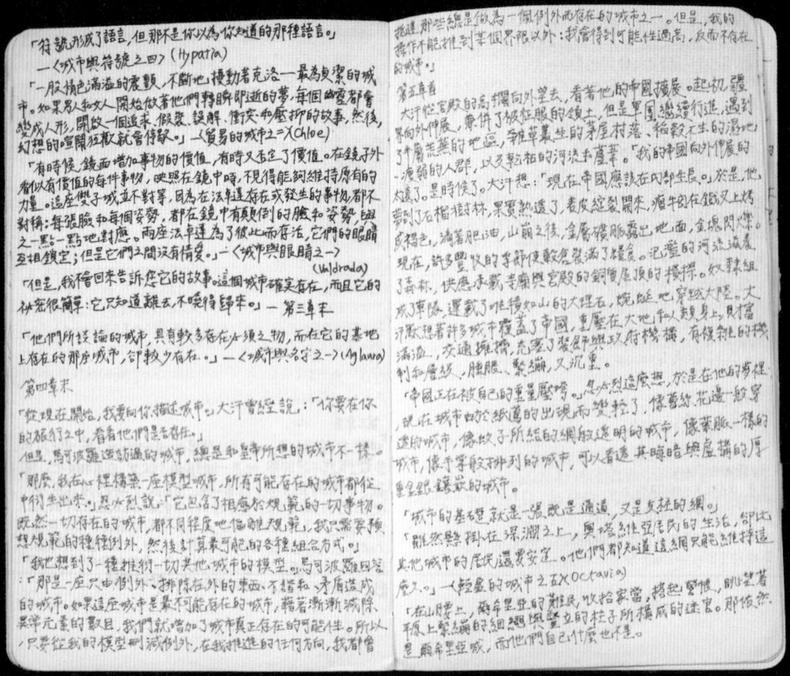
「符號形成了語言，但那不是你以為你知道的那種語言。」
—〈城市與符號之四〉(Hypatia)
「一股情色滿溢的震顫，不斷地擾動著克洛一最為貞潔的城市。如果男人和女人開始做著他們轉瞬即逝的夢，每個幽靈都會變成人形，開啟一個追求、假裝、誤解、衝突和壓抑的故事，然後，幻想的喧鬧狂歡就會停歇。」—〈貿易的城市之二〉(Chloe)
「有時候，鏡面增加事物的價值，有時又否定了價值。在鏡子外看似有價值的每件事物，映照在鏡中時，不見得能夠維持原有的力量。這座雙子城並不對等，因為在法卓達存在或發生的事物，都不對稱：每張臉和每個姿勢，都在鏡中有顛倒的臉和姿勢，與之一點一點地對應。兩座法卓達為了彼此而存活，它們的眼睛互相鎖定；但是它們之間沒有情愛。」—〈城市與眼睛之一〉
(Valdrada)
「但是，我會回來告訴您它的故事。這個城市確實存在，而且它的祕密很簡單：它只知道離去，不曉得歸來。」— 第三章末
「他們所談論的城市，具有較多存在必須之物，而在它的基地上存在的那座城市，卻較少存在。」—〈城市與名字之一〉(Aglaura)
第四章末
「從現在開始，我要向你描述城市。」大汗曾經說：「你要在你的旅行之中，看看他們是否存在。」
但是，馬可波羅造訪過的城市，總是和皇帝所想的城市不一樣。
「那麼，我在心裡構築一座模型城市，所有可能存在的城市都從中衍生出來。」忽必烈說：「它包含了相應於規範的一切事物。既然一切存在的城市，都不同程度地偏離規範，我只需要預想規範的種種例外，然後計算最可能的各種組合方式。」
「我也想到了一種推衍一切其他城市的模型。」馬可波羅回答：「那是一座只由例外、排除在外的東西、不諧和、矛盾造成的城市。如果這座城市是最不可能存在的城市，藉著漸漸減除異常元素的數目，我們就增加了城市真正存在的可能性。所以，只要從我的模型刪減例外，在我推進的任何方向，我都會
抵達那些總是做為一個例外而存在的城市之一。但是，我的操作不能推到某個界限以外：我會得到可能性過高，反而不存在的城市。」
第五章首
大汗從宮殿的高欄向外望去，看著他的帝國擴展。起初，疆界向外伸展，兼併了被征服的領土，但是軍團繼續行進，遇到了半廢荒蕪的地區，雜草叢生的茅屋村落、稻穀不生的濕地、一塊弱的人群，以及乾枯的河流和蘆葦。「我的帝國向外伸展的太遠了。是時候了。」大汗想：「現在帝國應該在內部生長。」於是，他夢到了石榴樹林，果實熟透了，表皮綻裂開來，瘤牛則在鐵叉上烤成褐色，滴著肥油，山崩之後，金屬礦脈露出地面，金塊閃爍。
現在，許多豐收的季節使穀倉裝滿了糧食。氾濫的河流滋養了森林，供應承載寺廟與宮殿的銅質屋頂的橫梁。奴隸組成了軍隊，運載了堆積如山的大理石，蜿蜒地穿越大陸。大汗默想著許多城市覆蓋了帝國，重壓在大地和人類身上，財富滿溢，交通擁擠，充塞了裝飾與政府機構，有複雜的機制和層級，腫脹、緊繃，又沉重。
「帝國正在被自己的重量壓垮。」忽必烈這麼想，於是在他的夢裡，現在城市由於紙鳶的出現而變輕了，像蕾絲花邊一般穿透的城市，像蚊子所結的網般透明的城市，像葉脈一樣的城市，像手掌般排列的城市，可以看透其曖暗與虛構的厚重金銀鑲嵌的城市。
「城市的基礎就是一張既是通道，又是支柱的網。」
「雖然懸掛在深淵之上，奧塔維亞居民的生活，卻比其他城市的居民還要安定。他們都知道這網只能維持這麼久。」—〈輕盈的城市之五〉(Octavia)
「在山腰上，爾希里亞的難民，收拾家當，揹起雙懷，眺望著平原上緊繃的細繩與豎立的柱子所構成的迷宮。那依然是爾希里亞城，而他們自己什麼也不是。」

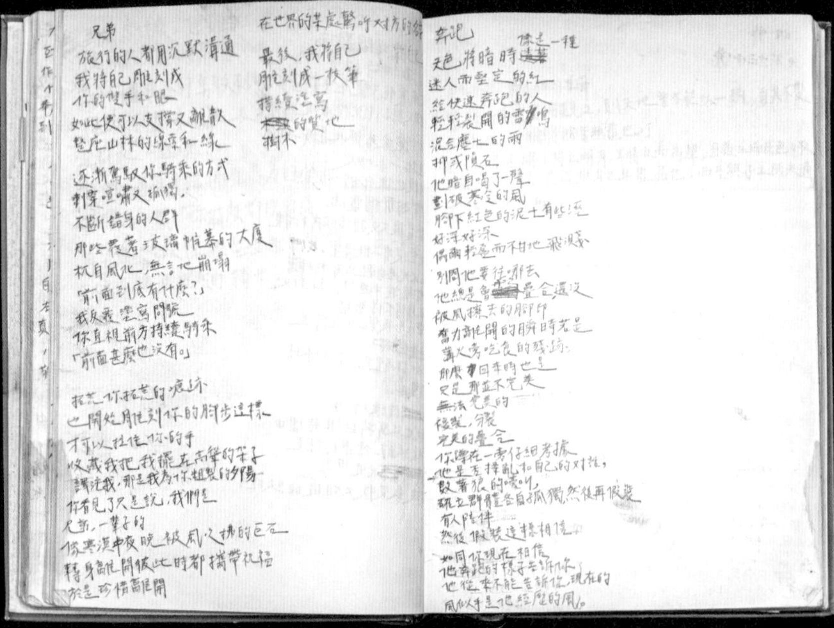
兄弟
旅行的人都用沉默溝通
我將自己雕刻成
你的雙手和眼
如此使可以支撐又離散
整座山林的綠葉和一線
逐漸駕馭你騎乘的方式
刺穿喧嘯又孤獨
不斷錯身的人群
那些裹著玻璃帷幕的大廈
杭自風化，無言地崩塌
「前面到底有什麼？」
我反覆空寫問號
你直視前方持續騎乘
「前面甚麼也沒有。」
在世界的某處驚呼對方的名
最後，我將自己
雕刻成一枝筆
持續空寫
的曠地
樹木
拓荒，你拓荒的痕跡
也開始用他刻你的腳步這樣
才可以拉住你的手
收藏我把我擺在高聳的架子
諒洗我，那是我為你粗製的夕陽
你看見了只是說，我們是
兄弟，一輩子的
像寒漠中夜晚被風沙拂的巨石
轉身離開彼此時都攜帶祝福
於是珍惜離開
奔跑
天色將暗時像是一種
迷人而堅定的紅
給快速奔跑的人
輕輕裂開的雷鳴
混合塵土的雨
抑或隕石
他暗自喝了一聲
劃破寒冷的風
腳下紅色的泥土有些淺
好淺好深
偶爾鬆垮而不甘地飛濺
別問他要往哪去
他總是會疊合還沒
被風擦去的腳印
奮力離開的瞬時若是
篝火旁吃食的殘跡
那麼回來時也是
只是那並不完美
無法完美的
條裂，分裂
完美的疊合
你蹲在一旁仔細考據
他是否擾亂和自己的對話，
敲著狼的嚎叫，
研立群體各自孤獨然後再假裝
有人陪伴
然後假裝這樣相信
如同你現在相信
他奔跑的樣子告訴你
他從來不能告訴你，現在的
風似乎是他經歷的風。

斷層 2014.11.19

堆疊沉默形成個人
日曆、背包和筆
闢一道階梯在地上裝幾盞燈
刪除藍天因為
下過雨不會分娩霓虹
霓虹屬於旅店生自商號
旋著吆喝著的(喜宴)
地面上的人往返軋過街
最後被街軋過
流傳指尖沾染的顏色
我們被更多雙腿軋平
擁抱不留空隙
彼此依賴卻讀不出体溫
普羅米修斯凱旋
不慎跌倒將火種打翻
人群歡慶土壤放不進一粒麥

第二部——旅人之死

生活裡邊是不是變得乾淨了？是的，有一塊地方那裡的空氣稀薄起來，緩緩的流動，漸漸旋扭出一個開口，像只欲言又止的沙漏。在什麼流失時，必有什麼是存留的。你開口說也許沒有，聽起來像是海。是什麼時候你長在我背上，當我說和動作都成了張網自背後升起，鋪成每一條溪的支流，每一條痛飲夕陽而醉意的小路，而我也長在你背上只是我不曾說。

或許，你也沒有。

而我啊，會成為一個什麼樣的旅人？

——來自碎紙

稜線

稜線是
一座山它累積千百年的安靜
浮起血痕似的憂傷
偶有銳利的時刻

原作無題／碎紙

背包

若你將使我理解
一座島嶼
必然是你的脊背隆起
水系像枝幹般蔓延，
痕跡上爬滿了霧雲

如果說，人的眼睛裡總寫著他的名姓
那麼旅人的則刻在他的後頸
讓我緊挨著玻璃猜測
今天，風毀滅了你叫作海
黃昏毀滅了你
稱之為酒

／情書

也可能是日常在毀滅時
有個地方的空氣稀薄、乾淨
欲言又止的沙漏啊
在甚麼流失時，
必有甚麼是存留的

應該這麼問，我將成為怎樣的旅人
畢竟有些地方我去不了
當我發現你竟也長在我的背上
我便輕輕地走進時間

災厄

你是塊山
均質且溫熱
崩落的那種災厄

在地上用砂畫一只圓圈
並且祈禱
雨神用足尖在裡頭跳舞
於是災厄
在眼淚不認識的地方
沿著卵石蛇行

它們於火前匯流

／情書

彼時的山熄滅它的稜線
夏天的廢棄物坐在溪水邊
告訴人們
山中有礦脈
持續曬透陽光和皮膚

⋯⋯

有時你並不是一個旅人，縱使離開的瞬間你是種遙遠隔絕的存在。你在空氣和塵埃之間，在注視和不被注視之間，在病與美之間用自身的溫度熔化也同時冷卻一個形體，那麼它再也不會行走，它要在事物相抵觸，或相似的邊界徹底的碎裂，只有它自己能夠承受和釋放它自己。

指認旅伴

／投稿

為甚麼要教螢火蟲自瓦礫堆升起
而不是在林間淘洗安靜的曲？
為何斷層能在海面上抓緊自己，
任時間蛻出赤裸的結晶？
冬日裡翻炒盛夏的悶冗
將知識鑄成貨幣
但無法擔負宇宙
如何我們順服，安靜
但殘酷地
推擠著換取更多的日子

「這是生活。」

無奈的你說
我該持續愛著怎樣的你
我不忍看日光燈
將你的臉曬出面具的斑紋
漸漸乾涸
如果風觸摸會痛嗎
你笑了嗎，我
獨自從沙地上撿拾你的雙眼
它們近看是寶藍色的，是
乾涸不了的毀滅口吻
滲著純真
我年老的指節啊這時
憶起一個少年
跌倒了
在像海的原野裡笑。

「欸，我可以跟你去玩嗎？」

「來阿。」
我們轉身
進入一條染滿芒草和碎石的小徑
你總是走在前頭
而我們早已熟習彼此的呼息
真有這麼一個地方如此寒冷
以致於孤寂
是時間看似止歇
定義沉默，驚呼
如冬日銀河系兀自轉動，
轉動著

我們無法持續並著肩前行
如同旅程會有的歸途
總要快速、僵硬地
刮擦過彼此
生活吹起的沙塵裡邊

閃過某個未摺妥的季節
對著我乾枯，但
顫抖不已的指節
神祕的笑了笑

凌晨海邊

／投稿

「灰灰的。」
你睡著但你睜著雙眼你這麼說
幾夜了未竟的燈油
擱置桌上的文稿起了毛球
劃下火柴而裡面住著一座森林
禽鳥和哺乳坐在
你不能以刀刃理清糾結的藻華
為赤裸的大腿割上
狂歡的圖騰
是什麼時候變得
貼近毀滅了
是否稱之為夢的是這樣。

語言從遠處無聲地高起，
耳膜處悶悶地砸下
像一根針，
驚醒這座沙灘時
有架飛機輕輕揭開夜空
純淨的氣流空空地
空空地拍打
那是我嗎？等待遠方閃爍紅色光點
是我，或不是
我們如何成為自身的引信，
燃燒尚未燃燒的早已
悄然自內裡覆滅

你只能朝拜月光
射殺獸類時蹲下來低語
存在和死亡間傳遞相仿的臉龐
讓月光提起潮水吧也將你提起

但先不要放下
讓潮水瘀傷但清晰某種脈絡
因漂流木比夜深得多而
離沙灘愈來愈近時
你發現那是面朝下趴著的二人
像你，也像我
不同的是他們可以歌唱，可以
聽見彼此
你該如何形容那聲音
卻還是只能說
「灰灰的。」

畫線

／碎紙

「那裡見。」
你總在旅程開始前這麼說
來自那裡的休止符也許
也是個破折號
坐上沙發
凝聚又延展成一部電影
火堆與談話

我們各自彎下腰
拿粉筆在馬路上畫起白線
屋舍不停被上一個節奏遺留
沖刷到我們來自的地方

勾勒行人的臉
塗寫一片荒原
穿過一座百年的石橋
才懂得如何發散
淋滿整城的綠葉
有時手顫抖得無法
指認方向
背對背我們相撞

「嗨。」我說
「可是這裡不是那裡。」
「噢，那為什麼那裡要是那裡？」
還是說了一聲那裡見
拿著粉筆尋找座標
原來沖刷屋舍的也
叫命運
二分之一，或許吧

誰踏上座標時覺得那裡
比想像的更陌生

若我先到了
我們畫的那些線斷裂
開來，所有丘陵裡的樂句
和故事被纏成
浮雕的樣子
雷電劈開宇宙時，
我把它們裝進酒杯
舉了起來

兄弟

旅行的人都用沉默溝通
我將自己雕刻成
你的雙手和眼
如此便可以支撐又離散
整座山林的線索和緣

逐漸駕馭你騎乘的方式
刺穿喧囂又孤獨
不斷錯身的人群
那些覆著玻璃帷幕的大廈
兀自風化無言地崩塌
「前面到底有什麼？」

／日記

我反覆塗寫問號
你直視前方持續騎乘
「前面甚麼也沒有。」

拓荒你拓荒的痕跡
也開始雕刻你的腳步這樣
才可以拉住你的手
收藏我把我擺在高聳的架子
譯注我，那是我為你粗製的夕陽
你看見了只是說，我們是
兄弟，一輩子的
像寒漠中夜晚被風吹拂的巨石
轉身離開彼此時都攜帶祝福
於是珍惜離開
在世界的某處驚呼對方的名字

最後，我將自己

雕刻成一枝筆
持續塗寫
樹木的質地

請進

你把它的名姓寫得太用力
太用力以致於淡
春日的蝴蝶蒸氣般升起
振翅，撲鼻
如何溫暖得過於精準
眨眼間短瞬的闃黯，
清醒之人獨自留存
看上去是睡了
或者有人
像蜂蜜色的薄冰
染上陽光並同時崩解

／投稿

但，別那麼倉促好嗎
讓迷惑微溼的唇聽我說
含住盛夏寒涼的衣角
透著波紋的病疾
滲漏，淌淌
滴滴，而安靜。
醜惡的臉譜啊捂著它的臟器
髮和嗅覺都給蒸發
並沒有一場雨
能夠安坐
得到盛夏前來祝福
以及痊癒

有人騎單車從窗縫擠了進來，他
伸出一隻大手但
像一首柔軟的詩鑽了進來
靈石哺育嶄新的傷口

泌出酸澀的酒汁
同時慶賀、哀悼有些甫結束的旅程過於盛大
沉默
濃郁得像烤出焦味的麵包
安上一片茉莉花瓣
教你猛然跌坐。

說愛，或不愛，
你能相信我嗎？
如果說，是海細細滲進來
織滿碎索的泡沫
我用鼻尖嚐了一口
豐盛的鹹，但清甜
我不斷傾吐的一種語言
或許有人聆聽
但並不需要理解

惡習

請將我抽去骨骼
成為床鋪上扁平的存在
記得輕柔的撫摸尾椎，如同
在不被愛和不被理解之間
掛上一條項鍊
並不會有一種習慣是
不需要仔細摺疊的；
幾日未洗的衣服陷進櫥櫃深處，
缺了一角的麵包
菌絲結在抽屜角落
你對關於光害的想像，撐傘一把
原諒我的口腔偶爾

／碎紙

散發過分濃烈的姓名，和炙熱
陳舊、凌亂
纖維蜷曲的地毯
原諒這樣的口吻說出
「等待是好的。」
而請不要戳破

盡情的，我要摸透你的臉頰
掩埋是最難以戒除，習慣的習慣
在狹仄的座位

懸崖下的空瓶

／碎紙

我預測你的死亡
想像你到遠方
在遠方，熱帶地區
你用樹根為每棵樹打了一個結
森林卻仍然只是森林

你會用山的方式死去嗎？
像一片落入黑夜的岩壁，富毀滅性
浸滿黑暗的眼睛
閃爍一種光亮的哀戚
抑或像山徑上
偶爾有紅色的細葉

再也沒有發出被踩碎的聲音
——在無人能忍受的寂靜裡
你擱淺在自己的島嶼

我們不能看彼此的眼睛
因相互認肯的事物
從來難以相互誠實

止

瀑布般的流沙邊緣
立著一只顫抖的足尖，之所以
我們以指的尖端相連
殘敗，形隱
而悲痛的深愛著

而我們，我們正在佚失嗎？
風乾薄薄的溫柔，和表情
卻殘忍
不斷以它們戳碎點亮哀傷的炙熱
「對不起，我會想念你
可是我不能再背著你行走了」

／電子檔案

那我們僅剩的，屬善的道別
唇形說著「毀滅」兩個字
聲帶早已安靜地流洩：
記得是三月，
那時雲在不同城市上飄如絲線
尾部的水滴旋轉，初結
刨掘金色
時間，透明的指紋
輕輕烙上彼此
山頂天藍色的口吻
我的朋友
何以溫柔氾衍成懦弱
形同罪過？

像是一條脆弱深邃的隧道
在哪裡折彎了
人類和歲月過於堅硬

關於摩擦的時刻
總有人的影子背過身摔落，並躲起
窄小的樓梯扶手向上延伸
一隻細長的銀針撥開
花瓣似覆疊的柔軟傷口
露出海被風挑起的眼睛：
愛若是一口沸騰的鍋
我要在傷害的邊緣
織滿文字和泡沫

碎

總是這樣的
河流挾帶多數憂傷
偶爾不善淘選

那樣的你是誠實的嗎？
我們都在等待一場大的凌汛
有些人不會說謊
不和河邊的人說話

／日記

妒羨你渾然的碎裂

／日記

為什麼
你總要我的手
能握住你的心
你不喜歡移動
像是種完整的碎裂

河流變成一片片的
極為光亮的物事
曬透陽光和泥土
把世界的縫隙都貼上壁紙
彷彿有什麼靜止了
而什麼仍在嘆息

碎裂並不是痛的。

旅人之死

如果有天你死了
我想我會去旅行
我得去確認世界是不是好的
值得你為了它的魅惑
而不及經歷

如果出發那天到來，我會對著海說：
「海是罩籠於山脈之上的澄藍天色
眼淚形成石塊
些微捲曲的島嶼邊緣
掀起回返的長浪
若一來一往稱得上是悲傷

／情書

將不再有任何物質被容許吸納。」
自此我背海而行
卻仍面向另一端的海岸
我暫時判定，
世界不是好的
因海的聲音不曾止息

但我必須相信世界是好的
如同相信你已然死去
我站在島的中央
用山脈創造陰影，交換
彷彿窒息的祕密
像時間自植物的孔隙穿越而來
生命流瀉於地
萎頓的壞朽光亮
溫煦如是

如果你死了，請原諒我
因為我的世界可能
沒有你的那麼好
——海太憂傷，山過多裂縫
但也不是真正不好
因你未曾經歷的好
將化為困惑未明的時間方格
傾斜底活著

搭火車

我還是提著那兩隻袋子
洗過臉也洗過五官
還是走進那空間
坐下，有時人群或螞蟻
交替幾次雙腿
螢幕上不停刪改的詩句
早已壞了音節
無論如何翻覆，我們終究
要在同個地方猛然醒進一場夢
在那裡就地解散

竟開始想起你了

／投稿

如七月希臘乾涸的慣常
葉尖再不能裝盛朝露
傳出旅途清脆的聲響
時間它如何成為
一條惡龍
暴虐的要所有山林噤聲
而我們努力
搭建那些逆著時間的
彎曲，歪斜，腐敗
你要我說，
說我快樂嗎？

不，我不說。
還是只能身為暴力的旁觀者
畢竟為你成長哀悼的是風
掠過你的卻只是氣流
離開隧道以後

還是猜測可是
我不再焦慮你如何生長
因身後電線竿和山林正兀自積累

午後

夏天的鐵軌，翻騰著浪花的顏色
會湧向北方嗎？
蹲在月臺最邊緣之處
把石頭擲進窗格的衰老
新漆的白牆有些刺眼

是從什麼時候開始
說話時帶著火車的語氣，和姓字
彷彿一圈圈地削下島嶼表面的
綠和溪床
拉長成一次次永不止息的旅行
每個以香火命名的地方

／投稿

都將凝縮為一個白色的點
起風了，就留下
藍色的口吻和淚

比方說，「苗栗」兩個字
在孩提時是動詞
是時間將它放進我的唇齒
微微震動
聽來遙遠，斷裂卻益發清晰
如同抵站和啟程之間
短瞬的與什麼平行的時刻
發現名詞難以詮演的悲哀：
曾經我們並不需要地名
我們反覆摺衣
只因為「生活」同是動詞

「開始了，

有人要一起嗎？」
跨出第一個步伐，正好
火車的最末節
對齊小小的月臺末端的1號柱
下一個步伐之前旋即理解
「故鄉」是什麼：
以為一直和它擦肩
它卻孤獨的纏繞在心上
在無數道別和問候之間
從荒蕪蔓延成一片富饒的水田
你的肩膀站成麻雀——
卻是那麼遠，那麼遠

盲

太眩惑了。
達達的火車自島嶼的彼端而來
緩慢地切穿湖水
黑夜恢復黑夜的平面
照亮整條鐵軌

寓言是森冷凝流的跑馬燈
人們在觀景窗裡談論星系
瘟疫。
與飛行
他們無聲地激烈辯證，佐以手勢
藉由晃蕩的車廂排列彼此

他們不會知道，
他們將漸漸地溶解在宇宙的河裡，
車列涉水而過
軌道上的碎礫，
和溪底的暗流再也按捺不住
城市下起了一場堅硬而絕望的雨

願一切停止發亮
閉上的雙眼停止眼盲
就這麼拋擲一個硬幣呀
然後輕輕把影像除去

斷層

堆疊沉默形成個人
日曆、背包和筆
闢一道階梯在地上裝幾盞燈
刪除藍天因為
下過雨不會分娩霓虹
霓虹屬於旅店生自商號
旋著吆喝著的（喜宴）
地面上的人往返軋過街
最後被街軋過
流傳指尖沾染的顏色
我們被更多雙腿軋平
擁抱不留空隙

／日記

彼此依賴卻讀不出體溫
普羅米修斯凱旋
不慎跌倒將火種打翻
人群歡慶土壤放不進一粒麥

來自地平線的俯視

來自地平線的俯視
讓我們建造一座城鎮
在一滴透明飽滿的水珠裡
安靜地嵌進牆壁
彷彿再也沒有
墜落及騰空的文明

房屋緊挨著彼此的縫隙
如同有人正挖去一種盛大的疾病
有人製作木笛
風一般和諧、寂靜
城鎮遺失它的心臟

原作無題／日記

血液卻仍紋在身體裡

城鎮排列成氣球的顏色
在它之上只有藍天，
無盡的藍天——
曾經蒸發的剎時都得以續存了
如同鷹滑翔時
以地平線的姿態俯視
陽臺、天線和廟埕
你問我為什麼，
空寂的地方總是錯落的
畢竟時間從未沉降
也從未被掏空

最終，
水珠被吸納為牆裡的塵粒
城鎮如同被壓碎的骨骼

窗緣交疊窗緣
鐵皮屋頂成為條狀的物事
你與它們齊聲睡了
彷彿錯綜的擁抱裡你說，
我們回去好嗎？
而流質、炫目的陽光
取代我失去軸心的回答

觸覺——致我的疾病

／碎紙

你致力於刮傷自己。
渴盼愛然後
推開所有同你說話的愛人
過於雄偉浮誇的結局是為了
盛裝搪塞的字詞
為甚麼悲傷——
如果失去生活
而沒有失去淚水

戴上口罩
養殖新的病菌
也堆至舊的

像陽光戳破了新嫩的肌膚
而你卻不再是嬰兒且
不能站進樹蔭裡
告訴我我的座標好嗎？
埋首和仰望裡邊
是掌紋，星象
還是荒原生滿
脆弱的植被
而別告訴我我的膝蓋壞損
成潮水

「看著我的眼睛。」
「我在那裡。」「你看吶！」
黃昏吹乾一座缺水的鎮市
昏眩。崢嶸。龜裂
但飽滿
顫抖如我

搬動窄小的盒子它沉默噢
十分困難，別問
如果它裝滿堅定的錯愛
是不是對的
尤其當你演壞一場自己演繹過久的戲
那支水管只賸兩滴水沾黏其上
而好不容易爬出來
就可以在磁磚上點亮一個房間
會有一些人影晃過
比黑夜還深
深到底拓展成一線光明
他們一再晃過
你捉住一個或許不行——
至少看似靜止時
可以把他寫成一枝筆

奔跑

天色將暗時像是一種
迷人而堅定的紅
給快速奔跑的人
輕輕裂開的雷鳴
混合塵土的雨
抑或隕石
他暗自喝了一聲
劃破寒冷的風
腳下紅色的泥土有些溼
好深好深
偶爾輕盈而不甘地飛濺
別問他要往哪去

／日記

他總是會再次疊合，還沒
被風擦去的腳印
奮力離開的瞬時若是
篝火旁吃食的殘跡
那麼回來時也是
只是那並不完美
無法完美的
複製，分裂
完美的疊合
你蹲在一旁仔細考據
他是否揉亂和自己的對話，
數著狼的嚎叫，
確立群體各自孤獨，然後再假裝
有人陪伴
然後假裝這樣相信
如同你現在相信
他奔跑的樣子告訴你

他從來不能告訴你，現在的
風似乎是他經歷的風。

迷路日記

／電子檔案

他是倚靠迷路來記認方向的。他的世界是一個又一個的圓。說是記認方向並不準確，因為到頭來他還是弄不清楚方向。他分不清左轉和右轉、向東和向西行的差別，他只能確定，至少他正在筆直且專一地，朝著固定的方向走去。事實上他別無選擇，終日拖著執拗、微跛的步伐，朝著錯誤的、地平線的彼端走去。

最終，他總會走回原點，整整繞了一圈城市。

也因此，當他的情人消失在沿著山坡地漸次下降的田地中時，他感到一種空洞而原始的迷惘。

誕生是生命的遺漏

誕生是生命的遺漏
如同偶然
闖入樹木成叢的森林
樹木環繞之下
我們都開闢自身的空地，
自身的圓心
葉片背向天空
在黃昏缺漏之處聚集——
他們傳遞突然暗下的訊息
在我眼前透明的
透明的牆壁上
不著痕跡

原作無題／碎紙

夜晚的白晝剩一點點

／投稿

白晝開始翻轉至夜晚之下
剩下一點點時
裂開來
有人的雙腿飛了出去，像
所有的路燈在這時一齊點亮，白天不
像是白天，黑夜不
像是黑夜
我們就叫它宇宙

孵育不出星星我們
種植蠟燭，山丘
光滑得容不下螢火蟲我們

以火炬列隊
呼喊著誰的名姓
生著四肢的蝌蚪暫時靜止。
若書桌上立起錢幣，
是否我們不小心將什麼敲得破碎
在另一個絕對裡
笨拙的仿製了
傾斜的軌域

譬如時間
無疑加深了黑夜
我們就跪在那淘啊淘的
然後放任發著螢光的碎片
繞著我們旋轉

灑水器

／日記

站在崎嶇而潮溼的田埂上
微微低頭觀看
風刮起來了
山尖刺破白晝
不需要答案的問題暈開來
傷痕綻生出花香
淤塞得
不能再深再痛
染滿你右側的臉龐，焚燒大廈
塵埃與火苗一同飄搖
禽鳥粗嘎又尖銳地拍手和笑
刮擦你，你背著灑水器向前行

風稀疏過，稀疏過毛孔
對峙是
和前方的荒蕪共同開拓一支語系
同時全然溶解（散溢）
持續延展著，加深山的稜線
影子洩露另一個影子時
就為它標一組數字
最後一個光點
滴在你身後初結的麥穗上

這裡無不是死亡的氣息

「這裡無不是死亡的氣息」
起初，
我們是那麼異常地冷峻
以致弄不清死寂和寂靜的區別
黑暗成為了山壁
月光則成為影子

是什麼棄絕了我們？
將我們塗成森林的一部分
覆蓋渺小的恆星、分岔的樹枝
發亮的河
人們在深深的夢中

原作無題／碎紙

涉水而過
河底的卵石全部浮出水面
絕望但不悲傷地漂流
彷彿就快要可以下起一場
碰觸不到人的黑雨
尋找一個岩穴
陪伴因而被點亮
卻也因而乾涸的人

雨

安靜觀看一場雨
一滴黑色的雨像血
浸透白色的心底

原作無題／碎紙

生火

天色隨時間黯沉
灑滿細碎的雲
冷風裹住了整座重劃區
一群人躲到日光燈看不見的角落
我們緊挨著彼此圍成一個圈
升起一堆小火
木頭也像我們一樣，架起
中間那個靈魂
持續擴大又持續隱藏形體
天空沒有一顆星星，我們
和火光各自凝結著、對峙著
從裂縫中迸發，銳利又

／日記

炫目得不停暫留
在冬夜穿上大衣行走
不如裸體吧，你渺小得
真實些。
持續對峙
誰也沒有撼動誰的理由
緩緩的，像夢的言語
火光照亮
木頭最質樸又粗糙的紋理。

他們只有火

沒有永遠
他們只有火
黑夜是均勻氣息之間
溫柔撫觸的堅實牆面
羽化如此
蛹出現了裂縫
彷彿身體就要變得纖細而美麗

原作無題／日記

海邊

他們撿拾，以及捕魚
沒有任何旗幟能擲向天空
如同已然顯現卻無能爆裂的煙火
無人撞見那日的黃昏
奇幻形體的漂流

老人說，日子是箭
從來沒有真正流逝過
長在脊骨的位置。
每月七日他們在海邊以小刀削一顆蘋果
藉此拉長自己的影子
落在海上的影子是寂寞的剩餘

／電子檔案

彷彿活到盡頭
他們就能夠免於孤獨

列隊的時候，他們的雙眼是風
海面是魚
漂浮的、恍若死去的物事就像鱗片
那一瞬間，他們看見無數張自己的臉龐
——傳說失去了它的語言
卻不斷流傳下去

海邊——致吳明益長篇小說《複眼人》

／電子檔案

日子是船
海面送來長浪
她用眼睛摘下憂傷，席地而坐
歌聲挾在細碎的皺褶中：
如果棄絕成真
海將成為一幅巨大的圖畫，
斷肢的芭比、人工色澤的粉紅胸罩
廢鐵、零件、橡皮輪胎……
堅定、緩慢地靠近海岸
喜愛風的人
想和海一起旋轉
有人拾荒

將奇幻的靈魂收進袋子

海邊的人持續生活
偶爾捕魚。
那天應該有雨
她忍不住去祈禱
我不怪她，畢竟有時
祈禱是記憶歸檔的方式
讓我們有權利感到悲傷

一盞靈魂的燈

當他們涉足河岸
就不能站在地上
裁剪尖銳的邊角
將水引入灣澳
一再複沓、且顛踀的流浪
傳來堅實平穩的聲響
尚未涉及死亡
卻先擁有輪迴／亮著一盞靈魂的燈

原作無題／日記

超音波

兩個男人站在海風裡抽菸
彷彿各自擁有一個子宮；
浪花細碎而淩亂
鹹鹹地哺育
悄悄著床的騷動。
一個胚胎發育成一艘船的樣子，另一個
則結成一幢房屋
那艘船讓海水好奇地浸淫
古老的陸地邊緣
而這樣的圖書，掛在
房屋纏滿蔓藤的牆上

／日記

不要詢問我的名字
性別及城市
公寓上有公寓的窗格
雲層憂傷的溢滿天空，窗裡
一盆花的影子
比關了燈的房間黑深
同時發亮

屬於島嶼——給認真生活的你們

／碎紙

火車切開一座山脈
時間將樹木磨得粗糙
變得啞，屬於闊葉和副熱帶
矮屋有適合參差的位置
鐵皮或紅磚來自
同一片雙腳踩得
踏實的泥土
在鐵軌附近晾起衣服
種一些蔬菜架藍色的網
鵝卵石摸著肚子
睡滿河床
溪水荒了又豐

把垃圾帶走

農人

原作無題／碎紙

身為農人，你必須鋤地，並習慣將汗水一併鋤進土壤裡。彷彿為了什麼，又不為了什麼那樣地鋤。土壤是翻鬆後的光線、窗景和祕密，被刨過的心臟和血液。感到疼痛的時候，那些迅速蒸發的淚水就都會變成玻璃。

也許有雨水，但再也沒有雨滴了。你拔除野莧、整理糾纏不清的地瓜藤，以側邊的身體固守事物的裂縫。當苦茶粕灑落水田，成為陽光和水的混合體時，你會理解在收穫的季節彷彿特意地展演事物的縫隙。

不寫詩的時候

你想睡可是
不知該如何睡
黑色書包邊緣綻滿毛球
裡面有放書
那正是它之所以叫書包的原因
你可以把它摺成飛機
藏進掃帚櫃洗浴塵粉
或乾脆桿平枕著它睡
門開啟反覆關閉夢

讓椰樹無法結果刻一只舟
向商隊學習如何躲避

／日記

經緯線相交安上墓碑
季風情變
算計一個語系陳列
多於二十六種貨幣
「在雪地中高潮
飽飫的不只有魚群」

紅海足夠可無法
讓你的小舟通過
你忘了剪去輻散成叢的氣溫
摩西把手杖留給二十二世紀
某個機器人的口袋
你收聽三個地理區
帝國與豔后，不斷
爭戰或講述教義
你想開槍射擊
話語本身的區域性

可男男或女女齊唱

腸也許扭出狗跟寶劍

爆破時同樣乾癟

無詩

我不再寫詩了
用鑷子小心地除去蜜蜂的刺
讓牠死進書頁
再將觸角都排整齊
忘了嗎沒有沾染花粉同時沾染塵
又如何樹間誘人的橙香
喚醒一個昏睡的人？

我無法再寫詩了
別去挑戰時間的威權
今日正午
和明天正午是一樣的

／碎紙

刻滿象形文字的石板風化徹底
文字應當還沒消失，只是
跟溪流斷絕親子關係
逆著水面輕率的把水都刮走
擦出數字，空空地剝落
直線浮成一堵牆
穩固一排高樓
置換五官
路是行人踩出來的
為何可以如此平整？

我還能寫詩嗎？
我聽說外頭十一月的儀式正進行
有片落葉越過圍牆
優雅的游進窗
當我掌心偷偷觸柔葉脈時
一群朝聖者聚集地窖

鼓手——給峨眉的一場雨

／碎紙

你把譜藏進丘陵裡
在池塘邊放把椅子
坐了下來
不知是什麼時候十二月的
披上外套圍起圍巾
雨是從哪裡來的？
丘陵地帶群體區域
的藝術
國小的鐘聲響了又響
天色是
純真的好奇和等待時
稀釋過後的問句

池塘上游滿鼓點
修行者擊打屋頂
心站穩了
就看得出聽得出
大鼓的聲音

放棄節奏吧
雨這時輕得像
隱士的呼吸
然後轉身進屋裡去燒幾道菜

火葬

「這並不像是旅程的一部分。」
直到我們安靜地坐下，才發現
易碎的草地被我們踩疼的聲響
一朵粉色星雲輕輕降落，有陣暴雨
剛突破它的燃點
如同編造立起的繩網
幾隻鳥兒斷了翅翼
傾斜地嵌入背脊
牠們的斑紋氾濫
染上墓碑寫就的文明
「所有的拆卸和破裂
都是從搖晃開始」

／碎紙

雨水說，岩漿已自翻騰安睡
富饒的土壤
是什麼令我們如此憂傷？
有時我們審慎
而粗暴地令日落
揉碎前陣子自詡的畢業證書
我們曾堅信，盛夏確實證成
月球無風的索居／定律
而也許僅僅是鞋底
和石岩摩擦
忽焉驚醒的人開始聽見落葉

落葉是記憶
燒焚殆盡後，鼓譟
孤獨的煙塵
遠方的戰火，此地的街燈
從來不曾消失

卻以湮滅證成彼此

那些我們無從命名的

那些我們無從命名的
正不斷繁衍
紛飛的翅葉、爬蟲的尾
在我足尖前的地面
玩具般降落

原作無題／日記

我們是那麼熱切地渴盼活著

原作無題／碎紙

我們是那麼熱切地渴盼活著
如同溪水毅然地墜落
學習山羌和黑熊那樣鳴叫
一針一針地
拿樹葉繡回自己
彷彿只能像霧氣那樣奔跑
只能在谷底
病菌般地滑行

讓我們以躺下取代死亡
讓氣息蔓延
成為最璀璨的那種黑暗

如同一雙從不停止挖掘的手
時間悉心埋藏一個祕密
祕密卻因為時間流了出來

永恆的代價

我們敲碎泥土
以為完成一件永恆的事
然而也有些事
脆弱地消失了

原作無題／碎紙

我均勻地呼吸

原作無題／碎紙

1

我均勻地呼吸，讓呼吸在胸腔凝聚成一個小小的窗格。

稻田在視野偏下側的位置，已經接近可以收割的日子，稻子垂下且樸實飽滿，夏天清晨的陽光還沒開始炙烈，但稻子的味道悄悄地被曬出來，把夏天轉換成一種和熱一樣令人無法忽視的形式，在稻田上方僅僅幾十公分的高度之內，遠處的矮房清晰可見。

我向著山跑，向著山藍色的身形。

而就在我轉彎的同時，山似乎也轉了個角度。平常我看不見被陽光照著的，山的另一邊向我轉動微小的角度，陽光就這麼移上稜線，並稍稍讓平常顯得黯沉的這一刻散發柔柔的光暈。

等我過了彎再度筆直的跑著，山看起來並無異狀，但不知道為什麼，我想到山的另一邊是有城鎮的。

2

在一間透明玻璃外觀的咖啡店，她和我坐在落地窗邊的位置。
她問我，為什麼喜歡他？
我答不出來，用無奈的語氣說，我不知道。
如果不知道那要怎麼繼續喜歡他下去？
大概就是自行變造「過去」，站在「過去」將「過去」延伸成某種可以延續的未來吧。
這就是「現在」。

3

想要寫你的小說。
想寫和你旅行的點點滴滴
但寫著寫著卻發現我不可能陪你走下去。
我很悲傷，悲傷而欣喜地愛著你遠去的背影。
你喜歡爬很高，而我也是，但我沒有那麼強烈的原始悸動召喚著我。
其實我很害怕山上隱密、曲折、狹窄的路徑，我想要直接的遼闊，比如說航行。

可是我真的好想知道陽光照在稜線上的樣子，所以一直跟著你，最後發現那些路好像我。

陽光大概沒辦法照亮照熱所有在暗處的泥土，但每個上山的人大抵可以找到和自己有些像的事物，如同最後你一定會飛起來，起飛的地方是從林間的密徑。

第三部——致信

既然每個人都是彼此美麗而幽深的山谷，擁有相異的雲朵和祕密，
那為什麼要在一起呢？要如何死命地，勇敢地創造碎裂的相同之處？

——來自日記

為了更加完整而純粹

突然寫信給你你一定覺得很奇怪，可是有些感受我一定要讓你知道，你就把它當作我的內在在跟你對話好了，表面上我還是那個很愛嗆你的魯蛇。

從認識你開始，我就一直感受到一種完整而純粹的生命，生命對你而言似乎不是像一般人一樣汲汲營營地追求某個虛幻的「成就」，終至落入深淵並不可回復，你讓生命只是生命本身，用你自己的身體貼近生命本身最赤裸也最荒蕪的核心，就像之前某天夕陽傷了整個天空，我喝了一口就醉了，然後我神智不清地站在菜園旁邊，看見你背著三十五公斤的葉綠精背對我一路往前噴灑著，我看不見你的表情，可是我知道你一定是專注而單一地前進著，一陣風突然吹過，我哭了，雖然你轉回來時我立刻假裝什麼都沒發生，那是我見過最純粹而美麗的畫面，那是藝術，那是詩。

跟你去過了一些地方，認識了一些人，我在其中感受到人類應有的溫度和感情，我第一次知道什麼是放心地把自己交給一群人或一個環境，而不是因被社會化後對彼此產生懷疑和猜忌，人跟人之間可以屏棄所有資本和利益關係，而是真誠地給予和接受回饋，這是你很可貴的特質，我一直被你帶著這種特質的聲音溫暖著，很溫暖，有來自遠方的水滴聲。

你就一直走下去吧，雖然我沒問，你也沒有很明確地告訴我為什麼你有勇氣不考大學，但和你相處後已經不需要任何言語去表述，擔心你的「未來」這件事其實很悲哀，因為那是我們被馴化、被強迫跟著社會的腳步走時才會有的惶恐，沒有人應該失去自信，也沒有人應該被損傷。你可能也會有被強迫正視社會黑暗處的時候，我只能不斷相信，你所做的每件事都是為了讓自己的生命更加完整而純粹。

我要很認真地跟你說：「你對我來說真的很重要！」

我會用盡所有破碎的生命感謝和相信。

兄弟，我很感謝你，真的，我很喜歡你。

你太勇敢了。

環遊世界算我一份，我會盡量讓自己強一點。

想成為男孩的女孩

想成為一個男孩的女孩其實還是不知道為什麼這個男孩要一直旅行，如同女孩從來不曾真正理解自己為什麼痛。他們之間隔了一道很深厚很深厚的悲傷，女孩用悲傷哺育男孩，同時鍛造自己。

「我們能夠從這樣的愛中全身而退嗎？」

有一天，發生了一場地震，把他們之間的悲傷震碎了，變成某種透明璀璨的碎裂體。女孩一時間無法反應，畢竟曾經那麼純然的巨大的物事就這麼無言地灑在腳邊，彷彿悲傷本身也會受傷。這是第一次，女孩檢視男孩的身體，意外地發現他並非她所想的那樣完整：女孩的悲傷和他內在荒裸的土地重疊了一部分，他在太陽下鋤地、墾荒，無言地敲碎無言，把空氣敲出來，輕輕覆蓋女孩的悲傷，這是男孩最貼近溫柔的方式。

「可是你碎掉了。」女孩和男孩這麼說，男孩微笑，然後持續墾荒。女孩哭了，她懂，卻也不懂，他過分毀滅的誠實。她想起地震前悲傷在擴大時總是摩擦她的胸部，她痛，就傷害他，用她以為的，對完整的想像逼他完整，以為這是唯一抵擋悲傷的方法。

他也不知道為什麼悲傷擴大了，他只是讓女孩踩平他，他會安靜、會穩，讓她安心地犯錯，安心地自剖然後療傷。這時候他像一個男人，但終究是個男孩。

女孩大概是最荒誕的那種悲傷了，她像《航海王》的藍鼻子麋鹿人喬巴，不斷被戳傷，卻仍然阻止不了自己偷偷觀看傷害她的人，有人靠近她，她躲，卻好笑地躲錯方向，暴露出整個身體。她低著頭和男孩說：「不要走掉……。」男孩說：「你會抱住我的。」再也，再也，再也不要分開，這時，他們都脫去衣服。

「決定為你寫一輩子了。」女孩說。

「那我要帶你出去一輩子，只要你願意跟。」男孩說。

女孩喜歡的歌手寫過：「那擁有的幸福，看得比羽毛還輕薄，卻從來沒有人能夠，知道如何承受。」

其實女孩仍不知道男孩為什麼要旅行，但她知道，她現在要去承擔愛了。對了，女孩並不想成為一個男人，她只想成為一個男孩，而且如果可以的話，是像他那樣的人。

……

掙脫和束縛，依戀、生離和死別，你設法讓自己貼合在看似不變，卻又粗礪無比的地方，四季、白晝、河水和土壤都是核心延展的暴虐，它們都染上一點痛的影子。我知道你會找到一個地方安放它們，讓自己徹底碎裂一次；只有這樣，我們才能看懂你的生命。

痛苦也能畫成地圖嗎？

我在想，像他們這樣的人，好像會一不小心，就會把自己身上留著的某些東西，加到別人身上。不過我想，不論你父親最後做了什麼選擇，他都是選擇讓另外一些東西，在他身上斷絕掉。

——吳明益《單車失竊記》

其實，我根本連他怎麼死的都不知道，也不知道為什麼他的生命非得要在這個時候斷掉不可。可是其實早在我認識他的時候就隱約猜測到，無論我們之後有多深的牽連，甚至約定。他終究只能獨自一人，在不被注視的情況下死去。

比起文字，他更喜歡觀看地圖。地圖能告訴他的是，島嶼在分秒不差的偶然作用下所形成的起伏、平坦和凹陷被時間和他相近的人起了什麼名字？各別被劃分在哪個區塊？而他是一個真正會看地圖的人，真正會看地圖的人看的都是地圖不能告訴他的訊息。他們依靠「方位」記認這個世界，只要他一確認自己站的地方，世界就會像輻射線一樣散開來，嚇死人地延伸到很遠的所在。不過他們從來不說自己「信仰」方位，只能算是「信賴」方位，而和一般人不同的是，即使他們在心裡能那麼快速地連結到他們想去的地方，他們仍會謙卑地用雙腳走去，慢慢把看似遙遠的變成近的、曲折的，同時也把近的、曲折的變成遠的——和書寫者不同的是，他們沒有想過要收編這個世界。

但是這樣的人有時會讓書寫者感到痛苦，書寫者的禮物，也是宿命，是必須同時眷戀和觀看這個世界，既要承受、抵抗逝去的痛苦，也必須殘忍地觀看不可挽回的事發生。他們會奪走書寫者體內的一部分東西，讓書寫者承受那種在來處和去處間擺盪的，比死還要巨大的痛苦。痛苦也能畫成地圖嗎？如果可以，它一定不會延伸至世界那麼遠那麼遠的地方，它只會在身體中像糾結纏繞的樹根鎖緊每一寸內臟，當世界侵襲而來，每種痛苦都有一個相對應的地方，書寫者將會透過痛苦記認這個世界——他們將理解，脫離痛苦的方式唯有痛苦一途。

於是，我想我們終究得各自孤獨地死去，只是無論生命的逝去與否，我是注定要為他流一輩子的淚水了。

我們無法成為複眼人，複眼人說：「只能觀看無法介入，就是我存在的唯一理由。」畢竟即使是死去的，愛看地圖的他，也一定程度地介入這個世界，有了傷害人的能力。可是複眼人手上蠕動得非常厲害，就像一個痛苦的星系即將形成一樣的蟲蛹，應該會是個線索吧。

生命中不能承受之輕

本來上游溪谷兩側溪床疊滿巨大的硬頁岩，連尋找紮營的一小塊平坦處都有些困難，但颱風侵襲過後有些地方被沖毀，裸露出溪床原始的平坦樣貌，覆蓋散亂的、大小不一的碎裂岩塊。

溪流以它的方式破裂地記載災厄的歷史——縱使有些地方會一再、一再地被沖毀、淘空，還是可以從岩石和土壤散發的氣息感受一種規律的紋理，交錯成網狀的時間。災厄的任務完成，它只是誠實地搬運物事本身，然後將影子留下。

平地的人們不會知道颱風如何侵襲過這裡，他們只看見暴雨混合城市上空髒汙的灰塵悲哀、狼狽、暴亂地落下，卻看不見災厄沉默，以致近乎優雅的性質。

我好想你。

這裡沒有什麼不是散亂的，卻也沒有什麼不是齊整的；似乎有辦法從眼前拾起什麼，每一片碎裂的岩石卻又好像指向無盡的荒蕪。

陽光像是被風吹散似地溢滿水面，溪中的岩石因溼潤而發亮，我站的地方漸漸熱了。

難道他真的什麼都沒有留下嗎？他去過的地方、看過的地圖，這些動作本身都隨著他的死亡失去意義了嗎？關乎於他的日子如它的必然性般消逝，不但一去不復返，連可供他人直接連結、記憶的線索——一段字跡、一雙鞋、甚至是一根營釘全都佚失了。

陽光突然減弱，一股涼冷的氣息取代原本陽光漫在水面的樣子。兩側的山林中分別傳來許多人奔跑那樣的腳步聲，聲音愈靠近，涼冷的氣息愈是往溪谷兩側蔓延。

腳步聲離我如此之近，等我意識到這件事時，溪谷忽然滿是人影，他們就像是被憑空變出來那樣，站在裸露的溪床、堆疊的碎石，甚至是溪水中溼潤發亮的地方上。他們互相對峙，肌肉施力的形態像隻蟄伏的獸，所有意念都擲注於即將發生的動作，於是動作就不會是意念的延伸，而是另一種什麼。

他們是那麼死命地瞪視眼前的對手，乍看之下像是憎恨，想要將對方殺死的欲望，但是仔細觀察他們的眼睛就會發現裡頭有一種超然的孤獨，淒絕的迷離。正是這樣的眼神使溪谷溢滿涼冷的氣息。他們開始揮刀砍向對方，一有人倒地，溪谷的溫度就會稍微回升一些，刀子砍進肉裡的聲音聽起來像富含水分的草本植物的莖清脆的斷裂聲。倒地的人身上的衣服很快地變成碎布，零零星星一點點紅，一點點黑，或一點點白。溪水奔流而下，他們大部分的肌肉、血液和骨骼都溶解在水中隨溪水流去，只留下一些肋骨、掌骨或肩胛骨之類的部分。

那麼多人倒地，溪谷的溫度卻只回升了一半；看似什麼都發生了，卻好像什麼都沒發生過。我沉默地收拾背包，肩上它，離開這處溪谷。離開時，我沒有回頭看那堆逐漸被陽光弄得模糊的白骨。

我清楚地明白一件事：我是生命中不能承受之輕的承受者了。

……

把文字交給你之後，你就是我對於和你相關的所有記憶的保管者了。而我知道一旦給了你一把鑰匙，你會以關閉什麼的形式去開啟另一個什麼。

只有邊界，疊上邊界的邊界

不知道多年之後，我會不會記得這個我親手打造的場景：一個悶熱黏稠的夏天午後，有個男孩趴在三樓陽臺的欄杆上，而另一個男孩在靠近樓房的柏油路上溶化般地靜止。事實上，三樓的男孩無從區辨那到底是移動還是靜止，只能判定他和交錯川流的車輛狀態是相對的。若他是緩步移動，那麼車輛就散發著靜止的璀璨光暈，時空停格的錯落美感，若他是靜止，那麼車輛就像一尾尾堅決的魚，罩籠著一層幾乎無法察覺的黯淡哀傷迅速離去。陽光射向較高聳的建築，將影子投在低矮的樓房上，光亮與風以碎塊的方式持續流動。夏天是種尋常過分的瘟疫，蒸騰出汗水。

你是這樣的人啊，是時間難以名狀的淡痕，是艱難發光的細小水流，是柔軟的魚群。是錯置。是邊界。是沙粒。是森林。

而我會親手埋葬你。

我不要再問你，為什麼你會開始旅行了，因為你已經是各種故事和風景的載體。你讓我想起電影《海上鋼琴師》終其一生不曾離開遊輪的鋼琴家1900，他說：「我的音樂不能和我的人分開」，拒絕讓他的音樂以唱片的形式留存下來。他在巨大的洋面，小小的甲板遊輪上孤絕地乘載用瞬間拼綴起來的自己，也許你的旅行亦是，因此根本就沒有所謂的遼闊，只有邊界，疊上邊界的邊界。是你的軟弱之處，也是柔軟的所在。

這就是為什麼你特別喜歡山吧。山太古老、巨大，已經超越了人類所有經驗認知的總合，因此人類執迷於山的局限和窄仄，執迷遠眺時城市、農田與河的界限，執迷遮蔽答案，牢不可破的暈眩。那天你在半路不支地嘔吐時，我在你身後將所有聲音都關掉，其實那時的山原本就寂靜無比，但你像木刻般深重的呼吸聲還是進入我的皮膚了，那刻我知道光是溫柔對一個受苦的生物而言是無用的。我所能做的，只有將眼前山徑的邊界都記認清楚，等你恢復腳步的時候，沉默地跟上去。

那些邊界都將成為文字，局限是為你記述的起始。

也許我會怨你，但我不怪你，真的，而且我愛你。

廢墟與寶藏

忽必烈：「也許我們之間的對話，是發生在兩個綽號為忽必烈汗與馬可波羅的乞丐之間；他們正在垃圾堆裡挑揀，囤積生鏽的破爛東西、破布、廢紙，啜飲幾口烈酒之後，他們醉了，見到東方的所有寶藏，在他們四周閃爍。」

馬可波羅：「也許，這個世界所剩只有滿是垃圾堆的荒原，以及大汗皇宮裡的高處花園。區分它們的乃是我們的眼瞼，但是我們不知道哪個在外頭，哪個在裡面。」

——伊塔羅．卡爾維諾《看不見的城市》

他們交纏身體，些微魯莽、粗暴，帶點笨拙的感覺，彷彿他們每次交合都要像初始那樣害羞生澀，純潔地探索彼此的身體，多數擁抱、撫摸的方式和力氣都用在錯的地方。對他們而言，性交不是出於難以抗拒的激情，而是某種「需要對方」的本能使然，習慣往彼此的身體裡頭鑽，如同幼獸尋找巢穴，得以在溫暖中安眠，也像是兩尾將要離水的魚，尾鰭死命地拍擊出急速湧動的氣泡，要往深黑的裂隙游去。

你可以說，這是他們理解彼此的方式。浸入水中，同時離開水面，半浮沉的迷離狀態，恍若要脫離，又尚未脫離，在那之間，往往被注入最冰寒的一絲什麼，有時就那樣看來，他們好像離絕望近了一點點。

但不能否認的是，他們是那麼用力。儘管他們並不能確定，力氣是否已然傳遞到彼此身上；他們只能由自己筋肉、關節顫抖及抽搐的程度推斷，或許他們的擁抱是自私的，擁有悲傷性質，但他們在肚腹緊貼時感受到一種不可取代的溫暖，像陷入一座柔軟的湖泊；這種感受不是來自於來源的部位，而是從頭到腳的堅實力量，縱然這往往發生於悲傷抵達極致的時候。

……

旅行跟悲傷相關嗎？我不知道，但我知道對你來說一定不是。還是要有悲傷才能使被悲傷限縮的得到遙遠之處的契機。

會不會有時我無法注視你，是因為你不具有悲傷的性質，而我仍然用悲傷的眼睛注視你的緣故？

或許，世界的總體意象就像梅園竹村看見的崩壁，是由一堆碎礫構成，充分地吸收悲傷之後，尖銳、飽滿、眩目的事物會以某種近乎隱遁的形式，艱難地緊密連結，於是就不再書寫，荒原與花園之間，眼瞼很可能是透明的，稱不上珍貴的東西是東方的寶藏，大火般出現。

一切由溫度起始

一切由溫度起始，你知道的。

最近才知道，讓身體產生溫度不是每個人都擁有的能力。疼痛咬住骨頭，深深鑽進心裡，身體熱的人聽不見它鑽進去的聲音，被自己的體溫淹死。

你熱不起來，於是你聽得見。你聽得見所有事物進入心裡的聲音，非常地清晰，知道什麼時候進來，而什麼時候離開，但從來無法阻止。

於是，你的身體裡充滿大大小小的通道，各種事物的聲響在其中流動。開始的信號，是類似土地破裂的細碎聲音，你身上有一個地方，從此再也無法癒合，那聲音非常完美，以致於你看起來總是異常安靜。

你有能力成為一堵牆，事物滲進身體，就形成牆的一部分，但你並不是個冰冷的人，只要施加一點點溫度，所有機制就會徹底崩塌。

你仍然非常安靜。

……

聽說最近有人陪你。你們能夠共享彼此的安靜嗎？還是決心把施加給彼此的那一點點溫度，變成溫度之外的東西？我跟ㄩ都是體溫很高的人，有時總以為溫度就是愛情中的一切，就變得太孩子氣了。不過體溫這種東西是天生的，不是說想戒掉就可以戒掉的。

我不知道你的J是個怎樣的人，但我想跟你說的是，愛並不完整，但也絕非破碎，你說過你只信仰不變的東西，在愛裡，不變的會是扎扎實實付出過的那些，就算只是虛妄的浪漫。「盡你所能的愛我，不要讓自己受傷。」ㄩ很嚴肅地跟我這麼說過，那時候，我們快要被彼此的溫度淹沒了，他抱著損傷不已的我，要我不要再丟掉、否定那些曾經給出的東西，給了就是給了，不要覺得自己給不起。

阿燈那裡有一個哲學就是，直接將你帶到事情面前，你不得不去承擔，不要覺得自己做不到，否則什麼都撼動不了，但這個哲學我最近才學會啊。

不要覺得自己給不起。

我會繼續寫字，因為只要你走過世界的任何一角落，我都會把你撿起來。這是我讓自己身上的溫度唯一不顯得虛妄的方式。

訣別的直進是溫柔的往復

先說聲抱歉，之前說要給你的故事欠這麼久。

不過看過你跑步之後第一次認知了一件事：你的文字想來和你的身材有很大的關聯。

你在幾近荒裸的紅色土壤上扎下腳步，每一次的變換重心都像是種全然的交付。也許看著不斷黯沉的天空，你明白自己的重量似乎是最沒有重量的，平靜地吸一口氣，你這樣想，或許也沒有意識到你在這樣想：為何你注定要握緊一世的沉默？

西移、下沉的太陽和城市髒汙的空氣混合在一起，形成日子拙劣的紅色剩餘，有氣無力地照在揚起的紅色砂塵上，以致於天色已然先黯沉的部分顯得寒冷。警戒的氣息從圍繞操場樹木的縫隙中流了出來，這時你感到異常的興奮：再也沒有比這更盛大的墮落了，你離墮落那麼近，只要你稍微傾斜身體，就能狠，就能掌握全然的棄絕和恨。不過在這奇異的暈眩感中，卻有一股極端的冷靜，使你的形貌視乍現：你必須做出抉擇，不然你根本承受不起任何一秒的猶豫。

你是被迫的，被迫將頭轉向陰暗的那一側。你的身體太小了，不能讓巨大的事物湧進來——狠暴的、激動的，到了最後甚至是，明亮溫柔的。面向陰暗，再沒有任何物事進來，只要這平衡受到擾動，出於求生的本能，你就會不顧一切的，像隻迅速奔逃的壁虎，他人驚愕地握著你的斷尾，只是你不知道，尾巴好久沒有再長了。我一直不敢問你：「你是真的恨嗎？」因為我害怕你會認為我過得太幸福而不能記錄你。可是我知道你沒有墮落，因為你不會為棄絕什麼感到興奮，於是大概難以去恨。而我覺得你好像吳明益《單車失竊記》中的父親，將身上尖刺似的東西一根一根地拔除，卻在拔到最後一根時，將它刺了進去，最終將腳踏車留給海邊遇見的男人，再頭也不回地消失。

剛好這時你正在過彎，離後頭的我好一大段距離。你整個人沒入黑暗中，單薄瘦小的背影卻形成不可思議的，不再回頭的堅決——我以為你不會回頭，直到發現你沉默著一圈一圈繞著操場，風流成守護的氣息——每個看似訣別的直進，其實都是一種溫柔的往復。

你總是讓他想起卡夫卡

以我們平常的相處模式，我在信中使用的口吻大概不會是你熟悉的，但也許你能夠從這些文字之中看出那個總是在夜深時分，口述不同小說情節的少年的影子。你總是讓他想起卡夫卡，而最近他才發現，卡夫卡小說的背後做為基底的，是褚威格式的晨曦和祝福。

你和我說過，你對卡夫卡的小說感到害怕。米蘭．昆德拉在《笑忘書》中如是評論卡夫卡：「在卡夫卡小說的時代背景裡，人類失去了人與歷史之間的延續性。人類不再知道什麼，也什麼都想不起來，人類住在不知名的城市裡，市街要嘛無名，要嘛今非昔比，因為名字是過去的某種延續，沒有過去的人是不會有名字的。」所以我想你害怕的其實是遺忘，或者說，你害怕自己無從區辨，遺忘是來自集體式的疆界消弭，抑或自身內部的虛無。

更明確一點地說，你害怕遺忘本身失去重量，變得無比輕浮。昆德拉在小說中以孩童的集體舞蹈做為比喻，「淫猥的動作鑲貼在童稚的身體上，打破淫猥和無邪之間的矛盾，打破了純潔與不敬之間的對立。情欲變得荒謬了，無邪也變得荒謬了，所有詞彙都瓦解了。」不曉得你會不會對為什麼我要使用遺忘這個課題來描述你顯露出的普遍情況感到好奇，總之，我是想要藉由敘述遺忘使慈悲與善良這兩件事自然而然呈現於遺忘課題的末端。是的，其實我一開始想說的是，你是慈悲而善良的，縱使有時你不是個寬容的人，但我真的必須先和你訴說遺忘才行。

遺忘和失重、沉重都是緊密扣鎖的。你在訴說Zayn的事情時，或許是希望Zayn的事，能藉由敘述在另一人之間共生下來。無論如何，我能夠接收到你的語言，縱使我並不能全然理解你的內在。Zayn退出one direction的時候，你那部分的記憶就開始瓦解了，於是面對接下來Zayn發生的種種時，你所做的其實都是在保護自己的記憶。當你說你無法輕易信任他人時，我在想，那會不會其實是種對遺忘及失重、沉重的抗爭。

我無意評斷你的生命，但最後我想告訴你一件事，就是卡夫卡擁有孩童般的、古老印記的悲憫眼神。他說，變形記的主角是在一片安詳、澄靜的情況下死去的。

拼圖

誕生本身是種生命的遺漏，偶然被遺留的我們注定要成為孤獨的，被切碎的傷痕。我總是對著自己不全整的部分感到困惑，世界卻不曾主動給予一些線索，於是多數人把自己磨平，彷彿沒有起伏和缺陷的身體聚集在一起，人類就能和諧、完整地抵抗死亡。

可是，世界還是會有地震的。當地震發生時人們所創建的幻覺頃刻崩毀，人們的身體被磨得太圓滑以致無法真正緊密嵌合，人們便會滑落，滑落至彼此身體中從來就沒有真正被磨去的，對「根源」的憤慨、渴盼，悲哀的愛——終究人們會發現這些是使地震發生的主要原因。曾經我也是一個對「和諧」高度信仰及依賴的人，和大多數人一樣活在集體的力量中，自信並惡毒地忘記所有殘缺，直到因緣際會下接觸旅行之後，我為那些生命中發源性的物事發出深深的怒吼，開始一塊塊拆解自己。拆解自己的過程是非常痛的，因為再也沒有能夠可以依靠的事物，既沒有來處，也沒有去處。身體每落下一個部分，就代表一件無可挽回的遺憾、傷悲，那時並不能想像，苦難能成為怎樣的力量。

升上三年級後，因為大家忙於考試的緣故，我不再被注視，我能夠一直身處於孤獨的狀態，那樣的孤獨能夠讓我隔絕外界的聲音，但仍能知道有人在說話。我為自己開闢一塊小小的空地，而感到無比自由，我理解過往自己拆解自己像是走鋼索一般，既回不去抗拒的虛偽，卻也無法真正通往真實的彼岸，然而其實通往真實的方式就只是承擔，接納，並承認拆解過後的自己。

貼近永生

有時人們大罵，不要談錯落和偶然，運命與生死，湮滅與巧合，因為就是有那麼電光石火的那一刻，苦痛在身上綻開了、絢爛了。去追究它如何發生的都是枉然。那一刻看來，沒有來生，沒有靈與肉的超脫，只剩下令人為之焚身的墮落。

《荒人手記》的阿堯說，救贖是更大的諉過。

可是在我們身處的維度空間中，沒有任何物事是脫離生的範疇的，因為生者無從想像死亡，於是生和死幾近相同。

我並不是不相信永生，而是認為不該以渴盼永生做為活著全然的目標。不習慣死亡的我們，只知道有什麼從此湮滅了；我們的記憶其實狹隘得可憐，只能以站在城市路中央的視角切取兩側景物片狀的意義，時間愈久，片狀的殘缺記憶愈來愈多，我們變得沒有力氣寄託新的事物，只能蟄伏於一個角落，享受，也承受破碎記憶獨有的，錯落的陳舊哀豔及溫柔。

到現場去。你得到現場去才行。《單車失竊記》裡的戰地攝影家阿巴斯獨自騎行緬北森林，二戰時英印軍的撤退路線，他說：「你這樣騎車，就等於是和某個人的人生真實地交會。」我一直相信，人們在這世上做的動作都不曾消失，動作結束的那一剎那，方才的動作全轉換成另一個維度中的事物，並在那個維度中不斷重複。人們有時可以從動作結束那一瞬間的視覺暫留中發現關於另一個維度的線索，不過這也只正好提醒人們，他們什麼都看不見。當你親自踏上別人去過的地方時，和那人相關的物事會以意想不到的方式滲入心中，把你身處的維度和另一個維度短暫地聯結在一起。

不過，這種情況發生的條件是，你的悲傷已經沒有淚水，也不刻意抵擋死亡。

而我想，這樣尊崇時間，或許就是貼近永生的方式。

第四部——夏天的少年

我，十六歲，以說謊和搭便車維生。
但我得先說，如果你期待一個轟轟烈烈的冒險故事，那麼你可能要失望了。這兩件事只不過是我想擺脫都擺脫不掉的病症而已，可它們也是維繫我生命整體的唯一繩索，我遂與之和平共處。
沒有人生來就是便車客，於是當然也無人生來就必須說謊。
不特定的時刻，毫無預警地，我會陷入某種迷離恍惚的狀態，像跌進溼答答的岩穴裡……。

——來自日記

我所告訴你關於那座山的一切

我所告訴你關於那座山的一切，其實都是真的。那座山並不是心靈創造出來的產物，而是真真實實存在於世上。我從未編纂過任何故事，你所聽見的，都是我從實際造訪那座山的經驗中擷取的片段。我無意、也無能創造。

那麼，讓我告訴你，一直隱瞞你的那個故事吧。你可以當成是開頭，也可以當成是結局。

大約是六歲的時候吧，那座山極其具體地出現在我面前，我感到十分迷惘。裸露的林道不算寬敞，但至少還算清晰，彷彿沒有目的地向前延伸，行走至一定程度時，竟也產生向兩側擴張的錯覺。天氣屬多雲，尚未到下雨的程度，霧氣隨著時間益發濃重，當時的我並不真正理解這件事的意義，只覺得有種接近睡意的感受正在闔上我的眼皮。很快的，周遭完全被霧氣包圍，樹的影子逐漸消失，我用手揉揉眼睛，再抹抹臉，發現只要非常、非常努力地睜大眼睛，樹的影子又能變得清晰可見。

為了不使相對真實的世界消失，我非常、非常努力地睜大眼睛，但終究是抵擋不過那近似睡意的力量，面朝下趴在地上失去意識。

在那之後，我才成為你現在認識的樣子。我浪費一切，無能留存任何事物，使事物變成珍貴，可是我不是故意的，真的不是。

失去的時候，你總要我閉上眼睛，想像一座山。

為什麼是山？我暫時停止心碎，歪著頭，感到不解。

現在還不能告訴你，把眼睛閉上，開始想像就對了。他看起來興致勃勃，整個人散發著明亮的氣息。

我照你所說的閉上眼睛，腦中第一個浮現的就是六歲時的林道，只是我避開了，轉而描述森林本身。

「組成森林的植物非常複雜，他們相互侵占，把彼此的生存空間壓得小小的，就好像住在一個畸形的方格中。」我吞了一口口水：「樹幹扭曲矮小，彷彿全都堆積在森林底層似的，上面長滿絨毛般的附生植物，地面鋪了一層薄薄的苔蘚，幾乎無法穿越。」

你點點頭，接著描述你的山：「我行走在稜線上，越過這條稜線之後就能到山的另一頭，清晰可見的谷地將於眼底呈現。我可以告訴你所有山嶺的名字，或是和山嶺相關的一切事物。聚落、沖積扇、無可動搖的連峰。所有事物都是直線與曲線的變造，以及延伸。」

我們同時睜開眼睛，汗水沿著顴骨流下，彷彿真的去了什麼地方似的。

山所告訴我的

我終於想起來了。

大約是七歲的時候吧，我們全家人開一臺車去附近的郊山，當時我穿著黃色卡通圖案的T恤，綠色的迷彩長褲，背著小小的水壺，頭上戴著一頂現在看來很蠢的灰色遮陽帽。下車的時候，覺得眼前的一切並不討厭，只是顯得困惑未明，不像是生活中清晰可見的，塊狀的實體。

說穿了，那根本已經是過度開發的步道，稱不上是真正的山，但對七歲的孩子而言，要走完恐怕還是很吃力的。母親一路上喃喃地向父親抱怨，好不容易放假，來這種地方折磨自己做什麼，父親只是沉默以對，以穩健的步伐持續加速，母親愈是急躁地想跟上他，就愈沉浸在自己的抱怨裡。很快的，我就這樣被遺忘在後頭，只是當時我並不因此感到恐懼，反倒是陷入從開始以來就不斷延續的困惑未明感之中，聽得見步伐敲擊路面的每一個聲響。

然後，那場大霧發生了。

那並不是尋常的霧。它看起來和一般的霧並沒有什麼不同，但是我知道有哪個地方就是不尋常，雖然那時霧這種現象對我而言是陌生的。

仔細嗅聞空氣，腐爛與清新的氣味同時並存，就像雨天的樹枝。我環顧四周，發現自己被霧氣包圍住，但如果仔細瞇著眼睛，想像視線穿透霧氣的話，延伸的步道、被踩扁的油桐花瓣、筆直的人造林相就變得清晰可見，也能勾勒出遠處山頭的輪廓。為了不讓相對真實的世界消失，我很努力、很努力地瞇著眼睛，然後就睡著了。

在睡著之前，我聽見山發出的聲音。山發出的聲音像遠古的天空、岩石破裂、野獸撕裂皮毛聲音的總和，像一列火車朝我的心臟直直駛來。

聲音逐漸淡去，但有某一部分已經徹底地留在我的心中。我一度迷迷糊糊掙扎試圖站起身來，卻徒勞無功。過程中，那一部分化成某種溫和的語境，令我感到安心，同時激發一絲絲痛楚。

直到這時，我才像完成了什麼似的，扎扎實實地進入睡眠中。至於後來他們是如何發現我，母親如何給我重重一巴掌，都稱不上重要。從此，我的人生就如同活在另一場大霧裡，只是再怎麼努力瞇著眼睛，失去過的都不會再浮現出來。

在路上

我，十六歲，以說謊和搭便車維生。

對一個便車客而言，沒有任何時刻的公路不是筆直而光亮的，光線浸透身體並在眼前匯集，空氣混合著沙塵、廢氣以及糞肥的酸敗氣味，構成我們必須交付自己的一切理由。理由不曾成立，於是擁有成立的所有條件。

便車客的世界裡，「交付」是很重要的，或許有人聽到了這個說法會嗤之以鼻，說講這麼好聽，明明就是在賭。可是如果是用「賭」來形容便車客的話，命運就會顯得過分偉大，但我從來就不覺得命運是如此，因此用「交付」這種平淡堅實，帶點傳遞意味的詞比較適切。

交付同時意味著被棄，不管駕駛願不願意停下以延續便車客的旅程，便車客都是注定被棄的，因此旅程從來就不完整，被不同的交通工具切割成破碎、柔軟、搖晃的事物。順利的時候上一臺便車和下一臺便車之間幾乎沒有空檔，因而在極短的時間內就抵達了目的地，而運氣差的時候等了半天，車輛都無情地從身邊呼嘯而過，有些車輛甚至還會對著你按個幾下喇叭，那天很可能就得去二十四小時營業的便利商店強撐眼皮度過漫漫長夜。總之，這兩種結局的共通點就是，同樣令人感到暈眩、恍惚，但自身的存在感會伴隨某種近似饑餓的感覺而變得清晰無比。

不過說謊是不是便車客的必備技能，我無從得知。ㄩ說他從來不打算這麼做，因為他在跟我差不多年紀的時候就很乾脆地放棄所有身分，而沒有身分的人是不必為自己假造身分的。我沒他那個膽，所以拚命為自己捏造身分，好讓駕駛感到滿意，使自己不需要因為自己打破自己身分裡牢不可破的那些承受指責。其實可以的話，誰不想誠實呢？只是說謊真的是必須的，懂嗎？這是必、須、的。

我開始獨自一人搭便車之後，立刻就發現我是說謊的天才，這是過往跟ㄩ一起時所未曾發掘的。在謊言的世界裡，我的思路邏輯前所未有的清晰，能夠輕易地使謊言的前後因果關係緊緊扣鎖，相互應證，駕駛丟出細微至極的問題時，腦袋裡建構的資料庫立刻就能跳出一筆不屬於本然的我，但聽來十分合情合理的資料。就算在每臺便車上都使用相同的身分，說詞也會有些微出入，不過我從未混淆過，就算混淆了應該也沒什麼關係，因為會選擇跟你聊天的駕駛常處於十分激情的狀態，不大真正注意你到底說了什麼。

伸出大拇指，然後說謊。身分由他人定義。剩下的不過是煙塵裡的寂寞長路。

啊，那是一個悶到令人無法呼吸的陰天。

路線一[1]

那臺銀色T牌五人座休旅車減速的過程非常順暢，幾乎可以用「一氣呵成」來形容。車內明顯的是家庭的組合，駕駛與副駕駛座是一對即將步入中年的夫妻，後座想當然爾是三個吵得要命的小孩。大概再過幾年，父親的鬢髮就會從根部開始斑白，不過大概是中年這個事實還沒真的發生，他和孩子閒話家常的方式還是帶著點年輕的熱情。母親看起來十分和氣，一定就是她要求父親停車載我一程的。

「你幾年級啊？」這總是最令我感到興奮的問題，因為接下來的謊言將以它為軸心旋轉。

「噢，我大學二年級。」已經成年，但稚氣未脫，眼中閃耀著挑戰未知的單純光芒，是最有資格享有搭便車旅行資格的年紀(及身分)。

「嗯，果然是年輕人，這樣冒險很好啊。」看來我創造的身分被那父親認同了，一路上幾乎都是他在說話，母親偶爾附和。

「把拔，我明天放學不想自己走到你的公司，你直接先載我回家。」小女孩用高亢的嗓音尖叫。

1 〈在路上〉原稿有兩篇，編輯時合併兩篇相同的部分，保留相異的部分，以「路線一」、「路線二」做區隔。

「懶惰鬼，我跟媽咪都沒空啊。」

「生物這次出較難，連隔壁班那個〇〇都這麼說，還有那個英文跟公民……」國中年紀的女生逕自這麼說。

「這禮拜找一天去吃火鍋好不好？」母親提議。

「很多肉，肉都被我吃光，吃光。」啊變聲前沙啞尖細的嗓音，言不及義但硬是要逞強的話語，真是懷念。

我被包夾在日常之流的話語裡，由於謊言維持了局面的恆定……

路線二

那台銀色MITSUBISHI休旅車出現的時機不好不壞，大抵就是等了三十分鐘左右，些微絕望但還不至於開始焦慮，它減速的過程非常順暢，可以用「一氣呵成」來形容。車上坐了八個人，駕駛和副駕駛應該是夫妻，男的鬢髮和下巴上的鬍渣從根部的地方開始斑白，戴著一頂米色棒球帽和銀色的細框眼鏡，穿著格紋襯衫和羽絨背心，女的則是一身運動裝束，POLO衫罩在黑色長袖緊身衣外，裙子搭配同樣是黑色的內搭褲，戴著半頂式的遮陽帽，中間那排有兩個座位，分別坐著年紀看起來比他們大些的女人，拚命聊天，最後一排則是兩男兩女的年老組合，應該也是夫妻，但光是看實在不清楚他們的關係為何。

「哈囉，要去哪裡啊？」男駕駛只將目光往右邊瞥一些，他的眼鏡閃過一抹反射造成的光線。

「H鎮。」我以乖巧好男孩的口吻回答。

隧道

如果還沒準備好，我們可以不要開始。

——王定國《敵人的櫻花》

視線終於在黑暗中得到舒展，在這幽深的美麗隧道，光的暫留像霧一樣在空氣裡，使每個物件變得異常清晰。

隧道的開口能容納巨獸般的列車（至少對當時的我而言是），尾端的直徑和高度卻僅能容許一百一十公分左右的孩子通過。隧道中央的地面鋪設有兩條鐵軌，周遭也有碎石子，所以，這裡是真的有被稱之為隧道的資格了。可是，在隧道裡沒有渴望風的想法，也沒有對光亮之處的堅實盼望，因為，我不確定擁有自由通行資格的我（當時我大約才一百公分），從哪個開口進出才是好的。

或許，上述這些是個失敗的場景，因此我有義務向您說明，我的隧道人生。

我對語言的初始記憶，是來自於母親說海陸腔客家話時的尖銳腔調，我不懂內容，卻記得她臉上伴隨的陰影、凹陷及失落神情，那是我生命中的第一個隧道。後來我聽懂那些話之後，才知道第一個隧道應該是在我脫離她陰道，溫熱尚存，卻是前所未有冰冷那時候。

更大一些，我才能理解，父親害怕隧道。他望著開口，期盼著光灑落到身體上，就是被肯定、成功的開始，往前走一步，就在地上扎下碎玻璃，隧道最後不復存在，但他也消失了。

我不敢和他們起衝突。我只是觀看，偶爾偷偷流淚，雖然要到很久以後，我才有一點勇氣把他們的聲調變成文字。

地圖上很少標示隧道的位置，不過沒關係，我不太會看地圖。

升高二那年的暑假，陽光曝曬過分。一個黑得跟炭一樣的男孩，說走，去單車環島。一場旅程改變我多少我不知道，對旅途的任何形容詞也都稍嫌多餘。我不願意書寫自己的汗水、喘息或其他身體元素本身；我在意的是那些經由我**再現**的場景，是否能逼視、叩問它們，使它們痛苦的存在得到安放。

嗯，不過我真的不太會看地圖，他比我厲害得多，以致我幾乎以為，有人和我一樣對連接兩端的通道有著濃厚興趣，而忽略了地圖上的路是敞開的、清晰的，未標示的則隱晦朦朧。

地圖上的路很容易熟悉，如同日常。當一個地景逐漸轉為場景，即是日常之始。和閱讀小說不同的是，處在任何一個日常都可能是痛苦的，因為不能選擇不看，不用身體及靈魂擠壓。那陣子我無法騎車、種植與和山對話，只是看著他痛苦地想，為什麼有人還會是完好的，能走地圖上陽光充滿的路。後來影響我很深的一本小說裡面寫，山的內心被鑽透了，於是隧道形成。我的心就像空了內心的山，有什麼正在死著，場景不復存在，寫一寫就想把眼睛轉開。

「只能觀看而無法涉入，就是我存在的唯一理由。」那部小說裡的複眼人應當是憂傷的，可是他的憂傷大概真的只有針尖大小，如同人感到痛苦卻無能感到憂傷，微弱的恨意無能指涉。憂傷與恨不過是對無力挽回那些的反饋機制，像潮水接近，然後終將遠去海岸一樣。

可是當時我以為我是能深深憂傷的，比如說，在異常炎熱的冬日聽根系脫離土壤的扎實聲音，辨認或無法辨認遠處的山頭。我勉強自己做無法做的事情，以為只要碎裂，再碎裂一些，就能夠累積足夠的憂傷，出口的存在就能時時刻刻被提醒。

但我一直極欲掩蓋的，幾乎忘了的我的特性，是經常遺失東西。騎完ibike置物籃裡的東西大概都要送人了，筆和鐵筷隨便放口袋也都送洗衣機了，可是我不是故意的，它們就是被留在那裡了。我的憂傷像這些物件一樣斷在那裡，兩個地方之間的通道，不過就是斷裂的旅途。

「那些他們不留下的，我全縮緊屁穴忍著留下了，這樣的我美不美呢？」我一直相信，世界只是暫時幫我保管那些物品而已，它們一定還被留在世界的某處，有一天，我會讀懂一些小說和詩，它們像詩人吳俞萱說過的那樣，打開我全身的裂縫，宇宙充滿其中，流成液體。

未來那個失敗場景裡，孩子將成為火車，火車最後也能變為孩子，他們從來沒有進入，也從未離開過隧道。為了他們，也不為了他們我書寫。一切虛構構築在真實之上。

短暫的回望

1

「如果愛是一只沸騰的鍋／我要在傷害的邊緣織結文字和泡沫」

——〈止〉

十七年前，我誕生在一個被稱作「山城」的城市。我的父母都是客家人，父親是科技公司的經理，他的成就都是用上所有的力氣掙來的，於是他也用同樣的力氣愛我，雖然他的愛太堅硬，當我們起爭執時他的威嚴和巨大總是硬是把我折斷。母親則是認為她的愛就是全力保護我，不要使我因外界的事物受痛，彷彿這樣她就能永遠和我活在愛的整體之中。我看著他們，知道這一切是易碎的，然而卻無不是關乎於愛。我太捨不得了，詩便是這樣發源而來。在被丘陵包覆、遮蔽之下似乎注定了我某種命格——懂得像丘陵那樣溫柔地環繞一些物事，並用它們的眼睛和高度證成最細微，卻也最廣闊的人世。

胡淑雯《太陽的血是黑的》寫過：「是的，所有的傷口都渴望發言，所有受傷的總要伺機傷害……然而除了傷害，有沒有其他的方法可以離開，離開這受傷的世界對我們的傷害？」我覺得自己就像《航海王》裡的麋鹿人喬巴，不斷被戳傷，卻仍然阻止不了自己偷偷觀看傷害他的人，有人靠近他，他躲，卻好笑地躲錯方向，暴露出整個身體。縱使因為感受開放，太容易感受到傷害的緣故，我仍然不忍心和傷害我的人斷去連結。我仍希望他們過的好，雖然不見得知道自己為何而受傷。

2

「你在每棵樹的樹根上打一個結／森林卻仍然只是森林」

——〈懸崖下的空瓶〉

升上高中之後，語感已經大致底定了，書寫內容卻遇上極大的瓶頸。當時的書寫只是倚靠自己的想像，虛妄地製造愛情、時間和憐憫，卻缺乏親自觸碰和傾聽被書寫的對象。書寫在當時並不能使事物與自身內在之間緊密連結，而能同時證成彼此的獨立性，反而形成一種扁平的，和世界間的阻隔。

升高二的暑假，因緣際會之下認識新竹高中土地社的成員，便以一種「放下手邊一切」的姿態開始一場單車環島旅行。那場旅程非常特別，是一趟最貼近旅行，卻也最不像旅行的行程。他們在面對世界時總是坦然的，不先立即審判所見的世界和自己。旅行對他們而言是種全然暴露自己的方式，承受陽光、道路和身體，唯有這樣，才能真正在自身和世界間製造一個空間觀望，並以此區分什麼是好的，而什麼不是。

這場旅行的身體感太強烈了，在其中必須用自己的身體承擔旅途的一切——旅行中最基本的「把自己照顧好」的念頭其實是乍見自己的個體性最好的方式，自己像是一座獨立的、封閉的島嶼，唯有這樣信任自己的形貌，才得以安然地連結世界。我們鮮少走人來人往的大路，而是騎行鄉鎮和鄉鎮間只有當地人和農民才會走的小徑，住宿點則是當日臨時尋找，多數時候是紮營在小學的方式——對於一個地方，不會有「到了這裡就一定要看什麼吃什麼啊」的念頭，只是搬移個體生活的運行在所身處的日常而已，於是我們從不評斷，默默觀看日常的發生。

我的身體在呼吸和踏板間的間隙被巨大的痛苦切割著，雖然當時對這份痛苦的認知，只僅限於自我的裂解。旅程結束之後，我問了自己一個問題：「詩的形體是什麼？」真的想好好地認識自己，去承擔書寫的自由啊，雖然這往往是最為困難的事。

之所以說那次環島不像旅行的原因是，我們總是以為行程結束之後，就可以不負責任地離開，但是那次我產生一種說不上來的責任感，縱然世界有時並不會因為我們負了什麼責而改變，而負「記憶」的責任，是一個詩人可以做的。

於是，暑假結束後，我開始試圖用旅行的態度面對自己的文字。旅行的態度就是誠實，誠實地認清自身當下的處境，同時眼睛卻能微微地望向遠方。而面對文字之前，要先面對生活，於是我開始正視自己長久以來不願面對的家庭問題。家人之間的連結是最為緊密，而連結愈深，投射自我、賦予彼此期望的傾向就愈高，一不小心在現實的折拗之間就會戳碎彼此。而沒有人類會是吳明益小說《複眼人》中複眼人的角色那樣，只能觀看而無法介入。一個好的書寫者不可能逃避人之間的責任，只是單一、片狀、抒發性地看待書寫對象而缺乏和書寫對象的對話。我們可能離開，但也離不開，痛苦並不設限於自身；它從來就是相對的，沒有他者，自我意義的崩塌和重建就不會產生。詩的形體就是痛苦，而呈現痛苦的方式唯有孤獨一途。

3

「在那高傲的、無菌的房間／像獻祭般折拗自己／苦痛將成為流血的聽覺」

——〈無法去恨的理由〉

我想我是哭著成長的，但我並不打算讓自己陷溺於悲傷本身，那些曾經卡住的扭絞的爛去的都成為了某種無言的養分。我熱愛閱讀與旅行，不斷探問不同的生命。里爾克曾說：「令自己孤獨地成為一所朦朧的住室，別人的喧擾只遠遠地從旁走過；如同一個原人似地練習去說自己所見、所愛、所體驗、所遺失的事物。」曾經旅行對我而言只是一種逃避，自己逃離自己的方式，直到開始登山，去那些不被注視，擁有生存的原始悸動的所在之後，我才理解原來旅行是一種極為嚴苛的自由。這樣的自由甚至已經超越了對自身誠實的範疇，我必須打碎自己，再混合自己的悲傷重組自己。

成長過程中我參與許多文學相關的活動，包括第二天文創舉辦的新詩創作課程，全人中學「全人讀書會」。我在經營詩句意象上的天賦是被大力稱許的，但我不想成為「寫詩的人」，我必須成為「詩人」。其中影響我很深的是全人讀書會書目卡謬《異鄉人》，它們是我詩作中探討個人存在和人類極體行為的重要起源，不過當時似乎誤讀了存在主義，以為個人能和團體保持絕對的疏離，一直要到很後來，我才漸漸理解存在主義中的積極性：一切看似徒勞，但人們必須勇敢地面對不可能完整的世界，扎實地直面每個片刻。

4

「泥土並不柔軟／是因為規律的踩踏和流汗／才會被稱之為溫柔」

對我而言，旅行無關乎於天數、遠近、難度；旅行成了一種必須獻身於當下，眼睛卻能微微純真地看著遠方的生活態度。

算是延續環島的某種責任感吧，我持續跟新竹高中土地社聯繫，決定長期觀察、記錄竹東三重埔主要生產稻米和地瓜的產銷班，只要假日有閒暇時間，我就會去三重埔當換宿生。我記得第一次一到換宿地點，行李一放就直接上工，客套的招呼和寒暄都省了，那時正值農忙，我們先是把一袋袋沉重的稻穀以分工的方式搬移到田裡以增加土地肥力，結束之後趕赴地瓜田用鋤頭敲碎田畦中央的硬土，敲出一條溝以便種植地瓜……那是一種身體難以想像的疲憊，不是出於巨大的流失感，而是身上每一處本有的畸形而殘破之處痛著，大地正試圖和它們簽核。

在去竹東的農村之前，我曾經是一個對事物的身體感十分薄弱的人，於是在文字上便受到了阻礙，那時的詩像是種伸展不開的四肢。第一次去農村時，我們被分派到割地瓜藤的工作，一根大約二十五到三十公分，我記得那天我一直重複割下地瓜藤的動作，從熾烈的中午一直到稍稍柔和的黃昏，其實隨著陽光的推移，我們也未必能理解當下的動作對於未來的積極意義，只純粹專注於當下赤裸地進行著，演繹著什麼的感覺。我想所謂的誠實，是不去信仰任何浮誇的，對未來的虛妄想像，而是要專注於當下對自身的拓荒，檢視並承認自己內在的荒裸，在演繹完什麼時深深地吁一口氣，不愧對自己，縱使未來也許並不安穩。或許這樣的誠實看似消極，卻有深沉積極的自我意義。

在農業看似重複的過程中，看見人在生活前折拗身體的樣子，在那一刻痛苦彷彿會成為質樸、溫柔的靈魂。在這樣的情況下我感受到一種「詩的完成」，想知道在操作器械、噴灑肥料的過程中是否有詩的規律。對農業和農村社會的觀察需要多元的知識，希望以後能有系統的深入研究。

最後，我相信詩人終將必須扎根在自身的孤獨中，透過孤獨的心境得以全然地有系統、耐性，廣博地看待、接納他者而不去審判這巨大的世界：他們只能撿拾無法挽救的傷口，有時也不捨地哭，但這是詩人的宿命，也是禮物，這就是為什麼他們無法去恨的理由。

向這年瞥的一眼

久違了，我的記錄本，你在彰化孤單了好久，不知不覺重新開始為日期塗上顏色時，已經是這一年的最後一天。

這一年過得好快啊，是因為遇見了誰嗎？還是走著走著把時間都丟了，直到無力去為事物命名，才發現時間在腳下被踩碎的樣子。

我持續記錄，說書寫太過理性，我還不及整理我看見的自己，有時用文字有時並不是，還在想辦法站在一個不遠也不近的位置，讓這一座島嶼的山川、矮屋和溪流擴大開來也變得細小，背著包包發現自己什麼也做不了，說是倚靠或者乞求，還是用最卑微的那想粗製什麼，發現這種耽美與虐煉相生的掙扎根本就不是為了留下刻痕，什麼都不會留下的，這都只是和自己不停地對話，確認自己正在感知，或許因為如此，有些解釋自然而然就這麼降生。

過得好嗎？過得快樂嗎？有太多不信任和傷痕，太多虛假和踐踏，也有好多真心與默契，理解與傾聽，至少這樣比較像人生吧。

什麼都要深刻些，懂得多了想忘的也多了起來，這一年能夠把握的就是認識苡珊跟聖岳，他們分秒不差地在最適當的時間進入我的生命，命運波折的擺渡都是一種牽引，原來的自己都因為他們裂了開來，回頭看來，我想我是幸運的，非常。

有誰會知道踏進詩社那第一個和你說話的人會和你在無盡的摧折中溫柔又堅強地挺立？她和你談論生命本身，和你努力地去承擔自由。又有誰會知道環島第一天看見的那個不愛穿衣服嘴巴又很賤的男孩會讓你愛得又痛得如此之深，他帶你去了好多地方，認識了好多怪人，說挺你一輩子？

是啊，誰知道呢？

去啊去了好多地方，撕毀了無數文字，你決定在二〇一四的最後十天回顧你最愛的新竹，流浪過孤獨有了溫暖的結尾。你在峨眉品嘗雲淡風輕的靜謐，友情是每個深呼吸、每一杯酒，三重埔又是我們單純幸福的初始，縱然現實比什麼都絕情，他們永遠那麼真實，下一個年尾你又看見什麼身邊還是這一群人嗎？阿達說明年的事還太遠，如同你以為他會坐在你身邊跟你一起跨年，可是僅僅是一張紙飛過一個城鎮你便無法斟一杯這些日子你們為對方消耗的時間。

這天你身邊的人都是因為他寫了故事的開頭而不負責地離開，情節自行生長我們串聯將故事繼續接下去，縱然他們會來來去去，若你珍視和遵循與他們的每個片刻，那再沒有什麼是會變的。

遺忘即創造

已經有好一段的日子不知道如爬梳自己的生活，或者應該說，已經刻意不爬梳已久了。上一本日記的文字似乎都失去了成為文字的勇氣，當然這與我疲弱的中文能力有關，但最重要的原因還是自己逃避去回溯、揀選事件的細節吧。在當下對事件的感知能力是一回事，但事後開始訴說的動機、意願、刻意與不刻意的遺忘、誠實的程度又是另一回事。

我知道自己並不是缺乏建築細節的能力，但卻過分恐慌在創造時不斷流失的部分。遺忘有時並不只是單純忘記而已，還包含一個事件記憶要被述說或敘寫時，去揀選表述與否，那些因此沉入非陳述性記憶的部分：突然記起，也是遺忘的範疇了。

保羅・奧斯特在〈一位隱形人的畫像〉中寫下：「我一想到一件事，這件事便立即喚起另一件事，直至細節密密地堆積在一起，使我覺得即將窒息……，事實上，在過去幾天，我已開始覺得我試圖述說的故事和語言並不相容，它抗拒語言的程度，正可以衡量我和我所要道出的重要事物有多接近。」我在驚嘆與恐慌自己遺忘與記起的速度，和苡珊說：「突然想起〈記憶之書〉：『總有一天，他必然會耗盡自己。』」她回我：「也許也因此創造了什麼吧。」

也許也因此創造了什麼吧。

還是非常喜歡《複眼人》中的：「但總有一天，記憶跟想像總要被歸檔的，就像海浪總是要離開。」

我情願相信這是種創造的過程。

殘忍的善意

1

想了一下，還是決定不用電腦打字，而是用手寫的方式寫日記。儘管我都是以日期為近來難得的書寫命名，卻總是在書寫的當下覺得，即將被呈現的文字似乎在意識深處，或者說核心已然從一個日期所具備的日常脫離出來。

那些文字彷彿站在日常的對立面，至少是日常的某種冰冷暗沉的剖面，召喚了遙遠的過去、空洞的場景、朦朧的預言。我想起《雲的理論》亞貝坎比與母紅毛猩猩對視的情景：「牠看著亞貝坎比，亞貝坎比也看著牠，不過他很快就不再和牠對看，因為牠那不叫眼神，而是一種看著你，卻穿過去的目光。」此刻，沒有其他語句能夠形容我的狀態。每讀過一次這段話，總要好一段時光才能回到正在經歷的此刻，即使認知仍然得回到此刻，我卻變得能夠相信，「此刻」是允諾遠行的。

2

有好長一段時間，思緒是呈現散射狀的，似乎正在刻意逃離某個小小核心。似乎不太習慣將能量集中在某一個點（可能是頭部），光憑那個點激射出的能量光束就能夠完成散射狀態好幾倍的工作量。決定使用手寫的方式，似乎將集中能量的方式找回來了，總算可以好好說話，並且將說話的過程（而非話語本身）緩慢而溫暖地封存在這個些微乾燥的地方，前幾天毫無預警地恢復了跑步的習慣、跑完步自然而然地騎單車，像某種優雅的生物滑出獸閘般的大門，也是有跡可循的：我向來不能離開封閉迴路般的運作過程，而原因是，我早已化身成一頭美麗的豹，朝著深邃的樹林直直奔去。（也許要找個時間寫篇公路旅行相關的東西了）

3

寫到這裡，我意識到自己事實上一直深愛著旅行。旅行是我生命中完美的封閉迴圈，過去、此刻和未來深不可測地互相依戀著。

因此又不得不提起你，親愛的岳。

大致翻完聖岳二〇一四年在中國寫的日記，可以歸納出一個特徵：他在日記中所書寫的人物，都必然擁有某種「痛」的特質，雖然聖岳不見得有抓到情感的核心，僅僅用了「無奈」一詞定義這種「痛」，沒有在情感上繼續用個人的角度「追」下去，不過他確實就是以這種殘忍的善意活了好長一段時間的。我現在已經不認為他不瞭解人了，也許先前他不懂的只有愛情（有人真的懂嗎？），但即使他真的碰到核心了，也不會說。並不是說他拒絕了向外傳達的方式，而是在他心底，甚至連「說」這個詞在各個層面的定義都被抹除了。

走山路，成為山

岳岳不在，我還是去爬山了，並且打算在一個月內爬三次山，不過有時候我寧可說是「走三次路」。

對我而言能夠真正被我認可的「走路」經驗大概只關乎於山吧，以目前的生活看來，我似乎有些難以安於日常，即使日常的觀察和知識的累積是重要的。最近身體總是非常規律地告訴自己，得在固定的什麼時候到什麼地方去，這是最近少數不令我感到那麼失望的事情；身體一旦進入了某種狀態，就難以輕易斬除一些根源性的、近似饑饉或警醒的渴求感。如果這樣的感覺被斷除了，時常是自我說服、刻意去遺忘的結果，有點像《複眼人》中達赫對山的感受，不過，人終究還是會適應這種斷除。（所以得逼自己）

「步行」並不只是去到某個地方，走進什麼裡面有時是更重要的事。山的許多地方從來就不隱密。走在彷佛是懸在某個高處的稜線，下至某個寬闊的鞍部草原，乃至於是溪谷上方的崩塌地，心情上都不會認為自身「隱藏」在山的某處，即便有些時候是處在危險而需要高度專注的狀態，仍然會覺得心裡有某個空間被打開了。

但在山上走久了就會知道，心裡的空間被打開，就會有更多的物事住進來，有時自己不小心走進自己內心裡面，整個人就會變成一座山。

徘徊不去的時間

昨晚設了清晨四點三十分的鬧鐘，計劃醒來要寫十月底要寄給岳岳的信，即使只寫一兩個小時也好。鬧鐘按照既定時刻如實響起的時候，我意識清晰地醒轉過來，但一看到鬧鐘上的數字就把它按掉了。將近七點再次清醒過來時陷入自責、惶恐以及一點點如釋重負的寬慰感，但馬上被隨之到來的罪惡感刺痛心臟。

來花蓮已經三週了，卻幾乎沒有進行任何的書寫，即使試圖去做，卻總是在寫到中途時退卻，就像是在建築物中迷路時總會一再遇到的某面牆。自己是個很輕易、但不容易去自剖的人。對自己而言，可能沒有什麼是比自我被剝奪更嚴重的事，而這並不是一句「要改變」就可以解決的念頭。害怕自我被剝奪常造成一些問題，包括過分地向他人宣示自己、決意叛離所有事物等，也因此我深深痛恨積極行使自我、無視他人感受卻毫不在意活著的人，但我想我也永遠離不開他們了，這是種自虐而絕望地依附。

米蘭．昆德拉在《生命中不能承受之輕》中針對薩賓娜做了一段描述：「她離開了一個男人，就因為她想離開他。離開之後，這男人有沒有來糾纏她？有沒有想要報復？沒有。薩賓娜的悲劇不是重，而是輕。壓在她身上的不是一個重擔，而是不能承受的生命之輕。」我的狀態跟不能承受的生命之輕很像，自己似乎無時無刻顫顫巍巍地站在山巔之上，風中滲著隱隱的不安定感，是不踏實的。自剖對我而言是暈眩的：我一面深深苦惱於隱疾般的不能承受之輕，隨之而來的還有另一種力量制止自己，告訴自己苦惱是無意義的，因為自己原先就不應該走到這樣的地步，一再去背離自己。於是，我再也無能建立任何一個世界了。

基於上述理由，即使後來起得也還算早，仍然尚未進入寫作的情境，況且只要許久沒有練習某項事物，要再接觸時常會一再抗拒、迴避。然而當我們抬起手臂遮住眼睛時，一定不可能不記得沿著手臂抬起動作的弧線視角，導致想避開的事物反而變成最終的印記。最後，我只試圖擬了一些要點，列出可能需要參考的書籍及電影。

可能是帶著一點倦懶的逃避心態吧，決定先來看王家衛的電影《花樣年華》。看完後確定了一件事：自己對於連續動態影像的解讀與觀察力都是薄弱的，記憶力也差得驚人。我的觀察力不夠細緻，這是未來必須嚴謹看待的事。

最近養成一天看兩集烏龍派出所的習慣，今天看的是〈烏龍派出所：第386集 奔馳吧！兩津式噹噹電車 懷舊的大次郎號〉，由於是特別篇的緣故有將近五十分鐘的長度。我一直覺得兩津勘吉就是個普通的「人」；他面對回憶時總是流露出遙遠地、超越當下的凝視與微笑，我想起朋友在部落格文章中曾引用塔可夫斯基《潛行者》的臺詞：「當人們開始回憶，他會是善良的。」我甚至相信，那些尚未形成未來回憶的當下，他已然深知回憶不可逆的性質，因此他總在與朋友別離時拚命追上朋友，以自己習慣的形式留下足以做為標誌的什麼(當然，也可能是因為他童年所處的時代缺乏手機與網路，別離是種近乎堅決的舉動，不在當下留下標誌，就會將標誌留在心頭。)

如果我活在阿兩童年的時代？我會像這次一樣選擇不去港口送聖岳出國嗎？我沒辦法回答這個問題，但我知道我始終是會在心頭留下標誌的人。我始終是。

(比較噹噹電車3000、4000、5000、6000、7000車型、東京地區噹噹電車的變遷)

下午坐在床上複習吳明益的小說《複眼人》與《單車失竊記》，主要是找出一些段落用在給聖岳的信中。坐在床上看書直至入睡成了我喜愛的私密時光。

《單車失竊記》中我找出的段落是：「他不會說自己去爬樹，而是說『躲』到樹上去。當那個時間來找他的時候，當痛苦不知道從哪裡來敲門的時候，他就悄悄躲到樹上去。你會覺得奇怪，樹不是他最痛苦的一段時光的象徵嗎？他說恰恰好相反。沒有樹的話，那整個連隊，包括他，沒有一個人會活下來。」、「你父親那天晚上跟他，坐在港口的長凳上，彼此聽到了對方的那個徘徊不去的時間。」直到現在，我似乎才真正理解這段話的重點是「徘徊不去的時間」。

「而終究，記憶與想像都是要歸檔的。就像海浪一定要離開，因為不這麼做，人類無法活下去。」穆班長憑藉著記憶活了下來，終究在尋求的過程中死去。

離開一個地方，進入另一個生命

如果是單純記事的話，我老是不知道該怎麼開頭，畢竟日後希望能朝向的方向是探險文學（當然，這也是命運驅使的不得不），而探險文學最忌諱流水帳，你必須**真的**帶讀者到什麼地方去。吳明益《浮光》裡寫下這麼一段話：「拍攝者當然曾在現場，照片呼喚他們的是回憶；而觀看者或許曾經到過同樣的地方，有過類似的觀察經驗，或全然沒有。但那一刻他藉由一張美麗的照片進入霧林、冰原、高山橫切風口、夢想裸露飛行的天空，不帶氧氣筒便能自由潛水的深海。」我在想，好的探險文學一定也能達到這樣的效果，成為進入另一個時間和空間的工具。只是文字和影像仍然有著根本上的差異：影像造成視覺上的衝擊，力道和文字造成的衝擊完全不同；影像做為一個薄薄的平面，似乎直接而殘酷地揭示了事物根本的脆弱性，無從躲開。但文字能創造許多讀者去緩過氣的空間，這些空間使我想起畢贛所說的「一個人走過廢棄的火車洞然後走出來。」由緊臨銳利卻又脆弱異常山壁的公路進入突如其來的隧道之中，彷彿正要離開什麼地方，同時進入另一個生命裡面。

到現場去

你得到現場去才行。

雖然望著山的時候，山仍然是個巨大、塊狀的物事，人們無力主動向山索討對山而言細微的什麼，比如說，一個人生命的消長。縱然接受這個事實，只是憑藉山尋找他生時製造出的痕跡，那痕跡也將覆蓋一層層新的灰塵，枯葉不斷飄落，誠實地預示痕跡終將消失的必然性。

最終，在我所身處的維度中，從他再也不能跨出腳步，將體溫的重量導入山時，他的存在形式就會漸漸地被山抹除。

山僅僅是維持自身機制的平衡而已，他不帶惡意，但也絕不惋惜。

不過，我一直相信，人們在這世上做的任何動作都不曾消失，動作結束的那一剎那，方才的動作全轉換成另一個維度中的事物，並在那個維度中不斷重複。人們可以從動作結束那一瞬間的視覺暫留中發現關於另一個維度的存在的線索，不過這也只正好提醒人們，他們什麼都看不見。同樣的，他的氣味、掌紋和毛髮當然也在另一個維度中被留存了下來，當你親自踏上他去過的地方時，這些物事會以意想不到的方式滲入心中，把你身處的維度和另一個維度短暫地連結在一起。

不過，這種情況的條件是，你的悲傷再也沒有眼淚了。於是人們習得尊崇時間。有那麼一些人，他們的生命陷在閃爍的視覺暫留了。生命的軸線愈是破碎，愛的往往是最深湛的。

生命軸線的碎片被他們埋在一個非常遙遠，但也非常靠近自己的地方。他們日日夜夜努力地除去那些碎片，因為不這樣做他們無法活下去，但那些碎片仍不斷地刮擦他們，因為碎片同時是他們生命的全部。他們不允許自己的碎片帶給別人痛苦，方法就是，將自己擲注於所有非關乎自己的事上，把和他人聯繫的開關截斷。同時，他們也不再允許，不能再承受所愛之人帶給他們痛苦，那麼深湛的愛只得封得死死的，他們得表現出堅硬的樣子才行。可是，選擇孤獨之後，碎片摩擦的聲音也愈來愈幽深，他們聽著那召喚般、魔魅般的規律痛楚，總有一天，他們會不顧一切地奔跑，但也只能奔跑而已。

赤子

Y不住山上。

高聳的新褶曲山脈構成島嶼的核心骨幹，貫穿島嶼南北，但是大多數人並不住在山上，就像我和Y。Y住在地勢平坦的市區，相較於山脈，島嶼平坦的地方實在少得可憐。依照他的說法，我比他幸運，住在他的城市東南方向，離山脈稍微近那麼一點點的小鎮，但他也說，到了山上之後這些幾無差別。對山脈而言，地名、律法和政黨沒有任何意義；在山上，多數的時候人們只能不去期待地等待一些事。

Y屬於任何地方，也不屬於任何地方。如果他去了農村，他鋤地時那種像是要一併把汗水鋤進去的樣子、開鐵牛車時，身上沾染鋼筋混合溼泥土的氣味、收割時和開割稻機的師傅胡言瞎扯開查某之類荷爾蒙的浮誇話語，和一個長年從事農業的人毫無差別；如果他去了漁港，他的頭髮會像浪花一樣飄飛，站姿就像等待下網的討海人；如果他去了部落，他會用樹林的語氣說話，稱呼我為「平地人」，野性但深緩地用改過的獵槍射下飛鼠。但相似的頻率裡頭，你卻感覺到他身上有種像是離棄什麼的氣息，以至於他和周遭又是那麼相異、疏離。

不知原因為何，Y的眼睛比一般人還要溼潤。他和你說話時，總是沒有真正地看著你的眼睛。他總是看著人左下方眼瞼的位置，以致於飄著遙遠的氣息，光線迎面而來，他的眼睛就會形成一面，不為任何事物映射什麼的鏡子。

不要問他原因，因為這樣只會造成你們之間長長的沉默。不過，我看見他的第一眼，就知道那些疏遠遙遠的意象總合就是山脈。他在想山。山對他而言不是「地方」，而是他生命形式的底蘊，也是鄉愁。他身體真正的氣味，像是山羌的體味、樹葉被踩碎的氣味和霧的氣息。相較於他，我們根本就沒有資格被稱之為懂山的人。

低空飛行的默契

你打從心底厭倦那些，那些打鬧的人群，過度人工的聲光效果，浮誇的社交語言，在愚民政策之下好像沒有什麼是真的了，那樣的生命除了瘋狂競逐表象，就只剩下不帶思考並用資本堆砌的，華美的喧嘯。

你要離開那個如此塑造你的地方，雖然你深知不論它再怎麼扭曲你也不因此變了形狀，可是你再也不願為了它浪費自己一絲一毫的生命，若所謂的妥協並不能通往真實，你無法對自身的損傷坐視不管。

然後你走出去了，雖然你用了最卑劣的方法，你不敢也沒有資格將那定名為「善意的謊言」，可是極欲窺探這個世界的念頭壓過了因為權力和規範建立的信任，或許你是自私的，可這也是你回饋的方式。

跟聖岳在臺中火車站會合直接前往新竹，不免有些緊張，這是跟他告白後第一次見面。見面之後他還是他原來的樣子，頭髮長了些，嘴巴一樣賤，但你可以從你們的言談聽出在低空飛行的默契，你們之間解開了也建造了一個祕密，然後他說他有點忙，你要自己闖盪，你其實一點也不意外也不怎麼難過，情感上希望他多陪你一點，可是你知道沒有人可以代替你死去，那麼也沒有人可以幫你解釋夜晚乾淨的寒風。

你獨自跳上一臺公車，駛離便利商店、價格高昂的連鎖飲料店，藏進縫隙用寧靜告昭城鎮種種紛擾的人家，隨著公車愈來愈遠，看人群可以輕易割裂彼此，卻用這種機靈參差拼成足以勉強前進的整體，不過至少被割裂的、隱藏的會願意停下腳步，或者揭示認真生活的樣子，你用你自己的味道發現吧畢竟它們是一直存在的，你是有自己的味道的，縱然這樣的存在會使你再一次地確認這城鎮紛擾的速度有多突兀，帶著一些困惑公車開始上坡，房屋又矮了一些密度也降低了，寒氣蒙著面安靜了開始茂密的綠樹，你在意識中驚呼「噢，那是竹東。」

慢慢你確立公車確實愈爬愈高，也將你往愈來愈深的地方藏，你無法確立車外的世界是否有人存在，另一個城鎮和房屋可能是證據也可能什麼都不是，車上的學生都是沒有共同行程的旅伴，往不同的時空消失，你又驚呼「這是竹東往峨眉的路」，隨便用站名確立什麼，這站好像叫雨果美國學校吧，車還沒停。

峨眉的夕陽好近，可能是因你不需要再擔憂天空要延伸到哪去，若你瞪大眼睛直視夕陽豪邁地沿路滴啊滴地滴滿小徑，那麼一天的結束並不是傷痕，不過就是應該微笑看待的必然，到了阿淘哥家，你發現一個好久不見又好熟悉的人。

「嗨，阿達欸！」

「咦！？（努力回想中）啊！（手在空中半舉，有些遲疑）嗨！」

其實跟阿達根本只見過一次面，（不過只要對這世界攤開自己，次數也不過是表象）一群人的生活會因為這樣對彼此擴大開來，現在想想聖岳只跟我在網路上聊幾句就讓我跟他環島，阿達敢第一次跟我跟隸威說幾句話就讓我們搭便車，他們似乎都有種直覺可以看穿對方真不真誠，這種真誠不需要語言，不需要過分詮釋什麼，我們都會將自己縮到最小，如實讓對方進入自己生活的場景，兩手一攤說其實就只是這樣，開瓶酒再說吧，這麼說來我似乎也是個真誠的人，若被這麼認可，我便帶著感謝活著。

跟他靠杯了曉明各種荒謬的言詞，「幹！政府」啊，大家坐成一桌吃幾碗爌肉，這人又去拚酒搞到胃痛剛好這天才能吃稀飯之外的食物，吃完飯後去池塘邊吹著冷風聊些政治掛，把酒言歡之餘想起，人群聚的目的可不可以只是為了寧靜，不過看著他在外面意氣風發地幹政府，在峨眉變成看小朋友寫作業的鄰家大哥哥還滿好笑的。

第一天單獨如此。

次日清晨有些冷，你隨意往鎮上的方向走去，你是沒有目的的因這鎮將目的藏起同時展露，身為一個不停移動的人在這裡你卻不急著離開，又或者應該說你知道你終究需要離開，可是你也知道你一定會回來。

這鎮是在丘陵的沉睡中自然而然生成的，生長其中的人們不去打擾丘陵的寂靜，各自生活得好遠好遠，人和人之間卻比什麼都近。住家的門多是木造的拉門，門上有一格格小窗可以看見屋內的樣子，於是你從分隔成一塊塊的景象中完整地對焦一個賣瓦斯桶的阿伯（聽說他有在賣酒欸）、兩三個阿姨經營小小的早餐店，他們的動作輕巧，不特意為這個鎮，這座丘陵甚至這個世界散布什麼波濤，然而他們用被風吹過的姿勢擁抱生活本身，已經堅強得足夠守望這個地方，至少我是這麼私自相信的。還在習慣這地方的流動，學習清晨的國小中打太極的老人，清晨的霧氣，你忘了自己正往阿淘哥家走，在路上不停地和居民打招呼，這鎮靜靜地活絡起來。

有一個小孩向我迎面跑來，看起來人小鬼大的。

「我要去上學了，你要跟我去嗎？」

「走啊！」

殊不知這一走才發現峨眉有太多風景是我沒浸潤過，我們兩人中間隔了一臺腳踏車又往更深的山走去，路愈來愈窄，樹林離我們愈近，聽小朋友不斷指揮方向：「記得啊，等一下看到這座房子要左轉，是左轉喔。」踩到一攤黃泥……（按：原作止筆於此。）

旅伴

突然想到今天火車坐一坐有人問我：你都不會跟其他人出去嗎？我直覺是說我跟其他人都不熟，再想想才覺得，其實是因為朋友是一回事，但能一起移動的人是一種可遇不可求的境地。

放假我完全無法接受停留在城市，尤其是盆地裡的高樓。除非要見真的很重要的人我才能忍耐。生活裡邊會無可避免地將自己放得過於膨脹，而有些人在旅行中放不下這種自我，不停向你喋喋不休地過分詮釋一些其實只有安靜能證成的壯闊，讓你覺得毫無空間。自我應該是一道微小而複雜的鎖，必須熟習每個缺口和傾斜的角度，才能以旅行中的風溫柔地開啟自己。有些人驚喜於新的事物，卻因為對自己不夠溫柔而無法讓旅行這件事跟自己嵌合，似乎什麼變得凌亂，有掙扎的痕跡。我可以理解，可是總還是懼怕那種逼得我心慌的感覺。

還是想辦法假日立刻當個孤獨的人好了。要不然找一個並不會跟你說太多話的人，偶爾隨意破碎地聊著生活，或者下一個旅行。多數時間對面車窗上坐在你旁邊的他正在專心地看風景，而夜晚的市鎮和燈火塗成線條，不斷地快速穿過他的頭顱，一切如此透明，但清晰、堅定。這趟行程你應該可以稍稍瞭解時間一點了吧。

……

旅伴的可貴之處在於，以沉默和背影為彼此證成這巨大的世界。

氣味

「你的身上有香香的肉味。」在狹小的帳篷裡，他這樣和我說。

「呃……所以你的意思是我聞起來很好吃嗎？」天啊這段對話也太詭異了吧，我腦中開始顯現什麼烤乳豬之類的畫面。

他臉上露出一副不知道該如何回答的表情，不過我注意到這是他難得少數幾次對關乎於我的任何事物提出形容，然而當他這麼做時，我生命中被摔碎的什麼就會短暫地浮現，像一種提點似的。他似乎朦朦朧朧地看見它們，得知它們在我體內的分布，以及和他的距離和相對位置。

我想起來了，關於自身氣味的記憶，像一個很久沒見的朋友突然寫信過來那樣飄落。那確實是肉的氣味，生肉的氣味，那種被迫蜷縮的靈魂交疊的氣味。我想起之前有一次他打電話跟我說，明明距離上次見面已經一個星期了，可是我的氣味仍殘存在他房間久久無法散去。就算只是一個細微的動作，空間和人體的氣味都是會互相沾染的，只要空間和生物存在，氣味便會無盡地繁衍、傳播。

我的身體沾染太多悲傷的氣味。我不記得上一段感情是如何碎的，但我記得我一次次地趕到車站搭傍晚的火車北上，最後總是被殘酷地丟在城市灰暗的街道，那趕赴和失去目的的、大腦散發的徹底絕望的氣息。在絕望中，我的靈魂總是被迫蜷縮在角落——那個男人給了我車票，然後在我抵站時消失。靈魂的脆弱性給了我最卑微的力量，足夠證明我的尊嚴比棉絮還要輕薄。

這就是為什麼之後我會如此懼怕「旅行這兩個字的原因」，這兩個字只剩下趕赴和被丟棄的意義而已。我尤其憎厭搭乘火車，車廂彷彿是拉長的惡夢，車尾代表對趕赴的索討和自溺，第一節車廂則是終極的空無。在列車出隧道之際，一切將擴散成太過明亮的光暈，令我眼盲，令我嚎哭。

每次北上臨走前我一定會去看鏡子。我總是背著深藍色的旅行背包，雙手各提一只袋子，裝滿書籍、衣物、睡袋。那裡的物價實在太貴了，所以帶了兩天份的簡易食物。有許多東西其實是不必要的，但我永遠都覺得自己準備不夠。鏡子中的我像是一隻怪誕的大企鵝，一轉身似乎就會跌倒。日後就算只是空著手去買東西，也會覺得自己一直提著很重的行李。

我從來就沒有和他提過那個男人，我只是和喜愛旅行的他說，沒有你我無法旅行。真的無法。不只是因為我還沒有能力把生活過好，而是我還沒有把悲傷的殘像剝開，你要原諒我。

他說，他懂，然後定定地望著前方，視線凝聚在一個小點。這一刻我才發現好久沒有意識到他的氣味了，我忽略了好一段時日的，他的氣味剎時濃烈了起來。那是一種悲傷被稀釋過的氣味，像是土壤淋過雨又慢慢變得乾涸的氣味。

火、山與雲霧的語言

故事若要開始，就不得不提到H這個人。

十五歲，兩頭山豬。這是H的開場白。那時候我高二，朋友ㄩ要我陪他去新竹尖石下錦路H的家，說是要打獵，對一個在平地生活許久的人來說，去打獵跟去月球的意思沒什麼太大差別，但我也不是那種會大驚小怪的人，就跟了這個行程。

H家在通往養老部落道路3.5K處，沿著往泰崗的大上坡不斷上行就可抵達。H是泰雅，ㄩ的同梯。但我聽到H的開場白時，那已經是離他非常遙遠的過去。

一直以來，我為自己定義的身分是書寫者。我喜愛文字創作，與其說是創作，不如說創造較為適切。我之所以創造的原因是，人總是不斷被包裹在未知的情境，抗爭是必然的反應。抗爭來自於人對「被排除在外」的恐懼，強烈渴求成為角色，遂構成另一種情境，在這同時卻忽略了情境本身才是抗爭的潛在主體。書寫者的任務就是，創造一個容許一切存在的情境，延展、變造真實，藉由軸線的交錯使抗爭得到「另類的出口」。

一切都從退伍前兩個禮拜H跟我說起在布奴加里山打獵的事情，讓我對這個因為逾假給中隊長禁到底的他有所改觀，後來的休息時間他總會來跟我說他在山上的一切，只是這一切在H國中後戛然而止。他和大多數的年輕人一樣，去了平地，只是選了不一樣的路，從竹東混到湖口工業區，在酒店做少爺，開始漂泊的青春。從秀巒最厲害的青年獵人（十五歲，兩頭山豬）變成城市裡迷路的人，用小精靈打火機燃燒K或安。

幸好山還在那裡等他回去，不必像其他弟兄一樣到印尼做詐騙，亡命天涯，只要守著祖先的土地。至於這個政府還是開著高金素梅去對岸跟「中國移動」要來的愛心接駁車，去照顧「山地人」吧。

這是ㄩ退伍後為H寫下的日誌。

後來我們三個人變成了一起上山的好友，或許試著去瞭解山，也就能多瞭解H一些。H不斷說著浮誇的話語，心中對生命的不確定感、孤獨的排拒，以及對逝去歲月的悼念同時如同溪水自然而然地流露出來。彷彿永恆之光照耀在勇士的肩膀上，迎接那光的時候，生命的哀傷性質顯現如是。

與H的時光裡，印象最深刻的不是打獵，而是生火。生火對泰雅而言是儀式中不可或缺的一部分。祖父過世之後，H與父親坐在火前一起喝酒，酒進入喉嚨那瞬間，他們相互對看・同時流下淚來。他們生火，火裡有用玻璃碎片黏合的眼睛，如果持續、緩慢地凝視火苗，淚水的熱度凝結，無以名狀的歲月暫時平息。

他們的生命中，一定有什麼不可或缺的東西消失了。貧乏的生命是不會為逝去的產生哀悼機制的。身為現代泰雅，老者與祖先的榮光尚未全然成為傳說，但物質社會卻又以令人迷惑的速度膨脹，血液中純粹、勇猛的性質無法揮發，卻又要承受現代性的無家可歸（此處借用黃湯姆《文學理論倒讀》）。

面對他們的生命，我在此承認我是個貧乏的平地人。我不以滿腔熱血的虛妄口吻說，我試圖學習他們的語言、瞭解他們文化的種種能為他們帶來「改變」。我只不過想埋頭持續製造情境，使像H那樣的人生命中遺落的歲月，能夠被山及雲霧般的語言接續下去。

但願H能過得好。我但願如此。

死者默默等待的想像

1

H拿出一瓶事先準備好的高粱，有點尷尬地問我們：可不可以先跟我的祖先講講話？

我跟ㄩ當然說好。H示意我們蹲下來，但還是時不時緊張地頻頻抬頭：「你們不要笑我餒，真的不可以笑喔。」經過我們再三保證絕對不會取笑他，他才放心地閉上眼睛。

我聽見一種同時具有樹木與雲霧的性質的聲音。怎麼會有一種語言能夠如此安穩、卻又如此輕盈？只有這樣的聲音，才有辦法穿越整座森林，到山的另一頭去。

H旋開高粱的瓶蓋。防盜環斷裂的同時，我的心裡頭似乎有什麼跟著被扭斷了，氣氛頓時放鬆下來。H將酒灑在土壤上，要我們各自喝一小口高粱，這樣祖先就能夠認識我們，圍繞在我們身邊。

也許聲音並不只是到山的另一頭去，它同時召喚了死者；戰勝距離，也戰勝了此刻。

而死者將以什麼樣的形式與我們相伴？

2

森丑之助在〈鹿場大山探險談〉中提到幾條重要的攀登大霸尖山路線，其中「從北部深坑廳或桃園廳方面入山，通過大嵙崁溪（大漢溪）中游的『大嵙山後山蕃』地界」這條路線，現在被稱作大霸北稜線。大霸北稜以現在的地名及地理觀念解釋，是一條由大溪起始，沿大漢溪至三光，向西南行經過李棟山、秀巒，沿基那吉山、馬洋山稜線直登大霸尖山的路線。

為了能跟H一起走這條路線，我們自然不可能從大溪出發。我跟ㄩ先抵達H在錦路（Kinlowan）的家，再一起前往鎮西堡部落的登山口。由鎮西堡（Cinsbu）部落起始的話，就可以在較短的時間內接上馬洋山的稜線。

鎮西堡登大霸北稜的路線有一小段會和欣賞鎮西堡神木群的健行步道重疊。我稍微觀察了一下，發現以紅檜及臺灣扁柏為主的神木分為A、B區。其中有四株特別巨大的紅檜是有被正式命名的，名字分別為亞當、夏娃、國王、五福。

我想起理查．普雷斯頓（Richard Preston）關於紅杉林的著作《爬野樹的人》。這本著作裡頭提到一個對於尋找「世界上最高的紅杉」這件事異常執拗的人物麥可・泰勒（Mike Taylor）。普雷斯頓形容麥可「房間牆上貼滿美麗的紅杉照片，地板上有個紙箱，用來裝些奇怪的儀器，主要是用塑膠、繩線、防水密封膠帶和夾板製成的……此外還有成堆的北海岸地圖、紅杉山谷地鳥瞰照片，以及關於高大樹木的科學文章影本。」麥可憑藉著不可思議的執念，硬是穿越密不可通的林下灌木叢，尋找可能成為世界上最高紅杉的樹基。每尋找到一株超過一百零六公尺的紅杉，麥可就給它一個名字。普雷斯頓為這樣的行為做出了解釋：「探勘者有權也有特權為事物命名。」

書中記錄了麥可以為自己發現了世界上最高之樹、實際上卻是夢境的情景：「他不斷反覆做著這個夢，在這個一再出現的夢中尋找『絕頂樹』……他想，自己生錯了時代……他能找到的，充其量只是失落世界裡的少數殘餘部分。」我並不清楚鎮西堡那四株紅檜被命名的過程、也不太理解那些名字對於前來觀賞檜木群的遊客造成何種情感上的變化，但我以為所有的命名者都應該向人們展示「失落世界裡的少數殘餘部分」，以此揭示仍然在默默等待想像的另一個部分。

據說西方文獻首次提及大霸尖山，是因為一段與命名相關的故事：一八六七年，英國軍艦Sylvia號航經東海岸，發現臺灣島北方似乎有一座異常高聳的山峰。船長拿起望遠鏡，用目視的方式測定那座山峰的高度，還特別將軍艦所在的經緯度記錄下來。他們賦予這座山和軍艦相同的名字，並相信這是臺灣島北部最高峰。

對山的名字有點理解的人，都會知道現在被稱作Sylvia山的並不是大霸尖山，而是雪山主峰。不過古道踏查專家楊南郡在譯著森丑之助《生蕃行腳》一書時，卻提出他的看法。楊南郡認為，從花蓮至宜蘭外海所能遠望到的很可能並不是雪山，而是大霸尖山。雪山與東海岸之間有南湖大山、中央尖山阻擋了 Sylvia 號的視線，原則上是不可能被看見的。

我想借用約翰．伯格（John Berger）《留住一切親愛的：生存．反抗．欲望與愛的限時信》裡頭的一段話：「『place』這個字，既是動詞，也是名詞。那是一種安排的能力，是認識某個場所並為其命名的能力。究其源頭，這兩種能力與人類尊敬死者、保衛死者的需求是不可或分隔的，不是嗎？」

我時常在登頂時急於認識遠處的山頭，非要一一找出那些山頭的名字不可，有時也會認識一些熟悉山頭的名字的人。但當那些人為我指出山的名字時，我卻更著迷於他們的眼睛；世界被藍天朧罩著，陽光在山頂的裸岩上製造出一條狹長的痕跡，男孩溼潤的眼睛顯露出同樣的光芒。我想親吻他，但突然不太願意找出他眼中那些山的名字了。

3

離開神木群之後，有一段走起來相當吃力、垂直高度大約五百公尺的陡上坡。

爬陡坡的時候，總覺得自己的身體是部老舊的機器，幾乎可以感覺心臟吃力運轉的巨大聲響，身體也正在不斷地冒著黑煙。但在此同時，意識卻像是從身體獨立出來似的，異常地清明。這種清明其實是高度專注下的產物，因此你會拚命地想著平常不太會想起的事物，比如說一首歌。美國民謠搖滾音樂二重唱組合賽門與葛芬柯（Simon and Garfunkel）一九七〇年的專輯《Bridge over Troubled Water》中，其中一首〈The Boxer〉描述了向自己「道別」的過程。事實上〈The Boxer〉並不只有賽門與葛芬柯的版本，但其他的版本傾向於強調某種流浪、滄桑的意味。賽門與葛芬柯版本的編曲看似是最和諧的，聽著聽著有時卻會產生矛盾的感覺。像是在聽關於某條河流的敘述，卻也像是聽見了一場戰爭似的。

When I left my home and my family
I was no more than a boy

我抬頭望著走在前面的二人，H只背了一個改裝成後背包的菜籃袋，裡面放一瓶高粱、一件厚大衣、一隻全雞，目前暫時把他的獵槍當作登山杖使用；我跟ㄩ幫忙H背一些必要的食物。他們兩個都是曾經離開家一段不算短的時間的人，雖然跟ㄩ認識很久了，跟H也不算不熟悉，但我卻從來沒有問過他們離家的感覺是什麼，在這過程中心情上發生了什麼變化。

賽門與葛芬柯的〈The Boxer〉版本吸引人的地方在於，你聽了會覺得離家的男主角真的曾經「砍了自己一刀」。他訴說過去的口吻就像在說另一個人的故事……不，他一直站在某座廣場，握拳與自己對峙。

In the clearing stands a boxer
And a fighter by his trade
And he carries the remainders
Of every glove that laid him down
Or cut him till he cried out
In his anger and his shame
"I am leaving, I am leaving"
But the fighter still remains

我們終於離開陡上坡，接上那天所經歷的第一條稜線。走到稍微開闊一些的路段時，突然聽見一種炮火的聲音。該怎麼形容那聲音的距離感呢？那個聲音好像不小心在你腦袋裡碎裂了，碎片卻落在廣闊的田野中央。

我站直身體，望向剛剛才走過的路，不，我也不是很確定自己究竟注視著哪個定點。視線像穿透一片玻璃般穿透了空氣，終於對上遠處一個已經凝視我許久的眼神。那種眼神和《留住一切親愛的：生存．反抗．欲望與愛的限時信》裡描述的眼神有些類似：「那眼神裡，有著對於當下此刻的莫大關注。冷靜而充滿思慮，彷彿她相信，此刻就是最後一瞬。」

我意識到自己正在「道別」，道別的對象不是某個過去，也絕非未來。我必須跨越這個瞬間。這個念頭或許正在引領我發現什麼，也幫助我抵抗什麼。

I am older than I once was
And younger than I'll be
And that's not unusual
No, it isn't strange
After changes upon changes
We are more or less the same

4

當火勢大到已經開始劈啪作響的時候，H開始不安了起來。他蹲在營地附近，雙手置於耳後；他愈是不安，愈是專注地聆聽，眉頭深深地糾結在一起，露出介於憂愁與苦惱間的表情。

他告訴我們，他聽見了來自很遠很遠地方的飛鼠叫聲，細小的聲音不斷不斷地鑽進耳殼。他必須拿著獵槍，走進比黑夜更為深沉的森林裡，去驗證某些聲音的存在。他一度堅持不睡帳篷，就睡在火堆旁邊，時不時本能性地醒轉。每射中一隻獵物，耳朵裡的聲音就會稍稍減少一些。但多數時候，他仍然無法阻止接收聲音帶來的訊息。

在馬洋池附近的營地紮營的那天，H說水鹿很有可能在水池邊出沒。又到了營火劈啪作響的時刻，他開始聽，一直聽，一直聽，眉頭愈鎖愈緊，整個人看起來都快碎裂了，但還是沒有聽見任何聲音。連一點都沒有。H就提議先小睡一下，半夜直接去池邊埋伏。

大約半夜一、兩點左右，H突然驚醒，拿了獵槍快步往池邊的方向移動，ㄩ跟我也迅速追了出去。但到了池邊，卻連一隻水鹿都沒看到。我們躲在箭竹叢後方，用全身的感官注意水池邊的動靜。

等了大約一小時左右(至少我認為是一小時)，可能是持續待在同一個地點的緣故，我不小心睡著了。此刻的我們正在靜默地等待一場可能的死亡發生，即使最終死亡並沒有真正到來，我仍然目睹並且參與了想像死亡的過程；如果水鹿真的出現了，勢必有另一種靜默發生，打破原先的靜默。

史岱凡・奧德紀（Stéphane Audeguy）的小說《雲的理論》有一段極有力量的、關於另一種靜默的描述：「母猩猩專注、肅穆地看著亞貝坎比……牠看著亞貝坎比，亞貝坎比也看著他，不過他很快就不再和他對看，因為牠那不叫眼神，而是一種看著你，卻從你穿過去的目光，是一隻猩猩看另一隻猩猩的目光。在這隻從沒看過人類的紅毛猩猩目光，完全不帶野性。」

但死亡隨後立即相伴而來：「第二顆子彈射入了紅毛猩猩張開的嘴巴，子彈的衝力讓他把頭往前一甩……」。奧德紀形容「一切都在無聲無息中進行。受驚的小猩猩，因為媽媽死了而大吼大叫起來，成千成百、隱匿在叢林裡不辨其形的動物也以嘶聲叫吼回應了小猩猩。」

一隻水鹿都沒有出現，死亡果真沒有發生。H承認他聽錯了，他所聽到的可能並不是水鹿的叫聲，也有可能是距離我們非常遙遠的水鹿的聲音。但H會聽錯這件事實在很不可思議，或許我們可以這麼說：H所聽見的，是某種已然消逝生物的聲音，在我們等待之前，悄悄離開我們的等待。

5

終於看見大霸尖山了，但其實我們最後並沒有真的走到它的面前，我們只到了庫基草原，甚至連中霸坪都還沒到。

我們由庫基草原的視角仰望這座被泰雅族稱為Papak Waqa（巨大的耳朵之意）的巨大山塊，那天的雲層顯得非常厚重，把霸頂完全遮住，只看得到幾乎垂直的崖壁。

我們非常有默契地決定直接折返，不再往中霸坪方向續行，因為已經無法看見完整的大霸。但當時不知道為什麼，走到庫基草原時就覺得已經「完成了」，並沒有因為沒有走到大霸尖山那裡感到遺憾。我們彼此之間圍繞著一種氛圍：「應該把山留在那裡」。

當然人是不可能「把山留在那裡的」，因為山「本來就在那裡」。人如果望向渴望到達的地方、只差一步就可以抵達的所在、來時的路徑，離開時都會隱隱約約覺得自己「把某地留在某處」。但事實上是我們走遠了，把炮火的聲音留在那裡。

我想起森丑之助，他同樣也沒有成功抵達大霸尖山。

森丑之助於一九〇七年從苗栗廳大湖出發，溯行大湖溪，經洗水大山登上鹿場大山，原本想要繼續沿著鹿場連嶺縱走登上大霸尖山，卻因為「蕃情不穩」而打消了這個念頭，於途中折返，沿著汶水溪下山。森氏拿著望遠鏡，從鹿場大山山頂遠觀大霸尖山，推測大霸尖山大約「九千至一萬尺上下」。

由於觀測角度的問題，森氏形容「Sylvia山（此處指雪山主峰）隔著一道溪谷（次高溪），屹立於大霸尖山的西南方。」在當時，森丑之助以為雪霸是中央山脈的一部分，不過是中央山脈向西北彎出的餘脈。他並不瞭解，蘭陽溪和大甲溪上游已經把雪山山脈和中央山脈隔開，而雪山和大霸尖山之間的稜脈就是雪山山脈的主脈。

即使森丑之助的紀錄中有許多以現在的地理觀念看來相當荒謬的錯誤，卻不減損這份紀錄透出的魅力。這樣的魅力並不只是來自於森丑之助向我們展示他所見的森林、溪流及互相連接的山稜。我想起伊塔羅．卡爾維諾(Italo Calvino)在《看不見的城市》裡有這麼一段敘述：「你感到歡愉，並非由於城市的七大奇觀，或七十個奇觀，而是在於它回答了你的問題。」雖然卡爾維諾描述的對象是城市，我卻覺得這句話精確地表達了我閱讀森丑之助高山踏查紀錄、在心底隱隱浮動的感受。

不曉得當時他是不是也從鹿場大山眺望當時尚無人能抵達、攀登的，被泰雅族稱作Papak Waqa(巨大的耳朵)的聖山，或者在離開時頻頻回望，立志「讓國旗飄揚於絕頂」呢？

我們是真的留下了炮火的聲音：我們對著天空開了一槍，幸運的話，聲音應該傳不到下面，如果真的傳到下面，聽起來應該就會像第一天我在稜線上聽到的炮火聲。

鄉愁

ㄩ：

這是一條陽光朦朧的林蔭道路，南部氣息的。小鎮以農業為主，水田反射恰到好處的光芒，形成斷斷續續的表面，當然，你知道那永遠不會成為鏡子，要是那會，或許你看待世界的方式就會全然改變。

他站在道路上看著你，像多數人一樣，你從沒看過自己工作的樣子。你隱約地感覺到自己正在為什麼負責，但沒有撕心裂肺的感受。鋤頭擊中溼潤帶腐味的泥土時，有東西**確實**被留在那裡面了，只是當下你並不會知道。你不會知道的。

於是你從未去想過鏡子的事。

他從來不曾離開那條道路，或者說他早就離開了，有一天，你聽到他說：我是一個旅人。你沒看見他，但不曉得為什麼你知道，而同時你也知道，這非常重要。

自此你每鋤一次地，鋤進裡面的什麼彷彿瞬間通往朦朧的哪裡，和他交換一些，彼此早就共有的東西，如同水分滲入根系裡的果決聲音。你們分享難耐的情欲，描述鄉愁的樣貌。旅人習慣嗅聞事物的氣味，樹皮、岩壁以及女性的身體，新的地方有嶄新的這樣的氣味，彷彿如此，歸鄉的失望就能夠被忘卻。

農人與旅人，看似是光譜兩端毫不相關的角色，但他們看待鄉愁的方式卻是極為相似的。旅人的鄉愁來自嶄新事物的斷裂情感，農人的鄉愁則來自事物運作時的均勻聲響，他們共同的歸鄉意象是一片平整、荒蕪、光暈強烈的所在；鄉愁並不是痛苦，也不是希冀，甚至不能被稱之為一種情緒。只是，農人和旅人的鄉愁都太過完美：他們不斷讓光線進入自己的身體，轉為熾烈，進而變得刺眼，有形的事物最終變得無形。

「你非常快樂。」有天他終於走到你面前，你暫時停止鋤地，自然而然地這麼說。

他和你有相同的長相。

「你不得不在這裡，但其實我也是。你要說我早就離開，或者從未離開，都無所謂，但我不曾停止和你對話。」他和你看起來幾無差別，真要說有什麼不同，大概就是他的身體看起來輕盈了些。

「可是，我覺得自己隨時正在變成你。有時身體就像快要飛起來似的，向他鄉的氣息而去。」這時，一陣風吹了過來，帶來空氣中所有事物的氣味。

「你守著這塊小小的土地，現在吹到這陣風，感到些微迷惘，於是想起遠方。」他猛力地點頭，理解似的。

「其實平常我們是無法理解鄉愁的，一切都是突如其來氣味的問題。」

告別竹東與一路向南

從今天開始，我將在臺南市的能勝興工廠擔任小幫手至七月一日，主要是希望能夠規律地過一段日子，雖然規律的日子和場所不必然擁有關聯，但或許自己生命現階段總是需要一處能允許自己聽見聲音的場所，無論聲音是來自外部或者內部。我所要的並不是喘息，而是希望至少能夠像喜歡的作家所說，身體裡面的聲音消失，就要試著成為蜜蜂。我現在可能還沒有成為蜜蜂的耐性，但至少找一個地方試試，至少試試吧。

昨天和ㄩ一起拆除被颱風毀壞的鴨寮時，他告訴我，名師高徒的合約一到他就要辭職，然後出國騎車一年。縱使可預見的暫時分離帶給我巨大的空虛和痛苦，我仍然告訴他，你一定要辭，也一定要出國，不要再待在你現在待的地方。他在那裡實在太忙了，過於沉重的勞動使他深深地潛入海底，幾乎聽不見任何聲音，可是他一直是個內在聲音非常豐富的人。他身體裡的聲音宛如禽鳥高亢地鳴囀、雨水滲入泥土，以及巨石滾落聲音的總和，於是當他失去聽覺之後，身體裡的聲音卻仍然像滿是稜角的碎礫摩擦著胸口，而他並不像某些農人將精力的剩餘轉為情欲上的發洩，他只能不斷淘空自己，直到自己成為即將被沖垮的橋梁。

我沒說出來的是，縱使你已經二十歲了，你仍然不會是個男人。至少現在你應該做的是成為赤子，試著讓內在的每種聲音都要像石磨，甚至是暴雨。你必須去理解人，理解血脈賁張的欲望、炙熱的痛楚、些微著火的陰暗角落，最終它們將化為由地表湧出的淚水，而你仍然會騎著你的單車，寬大的公路不斷向後方收縮，而意識向前。

基於一些私人原因，我大概不太會出現在三重埔了。在三重埔的最後兩天，另一個高一就認識的朋友碰巧來訪，使我對三重埔最後的記憶都是片段式的，大概是因為朋友的文字，甚至是眼神本身的既視感都是鮮明的，就像褚威格筆下的老，視線優雅地停留在一片整齊的田野、仔細一看才發現只是田野一小角的地方。

你看見前方的浪了嗎？

今天可以說是在能勝興的日子最扎實的一天了吧。在一天結束之際，如果產生像是剛從深厚的水底浮出、頭頂接觸到古老的陽光的感受，就能肯定那天是扎實的。無奈自己還不夠沉穩的緣故，並不是每天都能有這樣的感受，況且，如果扎實感是來自外部的事物（比如說運動、勞動），縱使身體感是足夠的，但是如何在書寫時照顧好一方地，以文字存留、延續扎實感又是另一個課題了（當然這是我個人不足的地方啦嗚嗚）。

對於扎實感的記憶，多半是在寫長信給情人或友人的時候。完成之際，在信的末尾簽上名字，深緩地吐了一口氣，像是把對這些人的記憶都交付出來似的。如果是書寫之外的扎實感，就比較可能是晨跑完、練完單車，回到家或工廠前的最後一盞紅燈。停下腳步之後，風總是從垂直，變成平行的形式掠過身體。對於扎實感印象最深刻的其實是升高二那年暑假，我跟梁聖岳根本還不熟，第一次到阿燈工廠。早上幫忙完詭異的插秧活動，由於自己當時對農事全無概念，下午就被梁聖岳「騙」去割地瓜藤。

那個時候根本連鐮刀都不會用吧，幾乎把鐮刀當成鋸子在用，但我竟然還是以這種荒謬的錯誤方式進入勞動狀態，不過由於方法完全錯誤，以致一般人割三百根的時間，我只能割八十根，但是那天阿燈說要割三百根才能休息。說來慚愧，第八十根的時候我真的瘋掉了，但是救星來了！石頭突然出沒，比我還廢的只拿了二十根。我就（更廢更廢）地跟他商量：「欸石頭，我用八十根，跟你的二十根湊一百，綁一綁丟過去（一百根綁成一綑，一個人要丟三綑才及格，自由心證），假裝我們已經達標了好ㄇ？（沒辦法大家都走了阿總不能割到半夜吧）」他就用一種非常空靈的聲音，傻笑說：「嗯。」於是……。

回到工廠時，只剩我跟石頭和梁聖岳環島裸騎三人組，我們聽著五條人的歌，傻傻地盯著塑膠桌面的一個小點，黑暗溶成的、嗡嗡作響的果凍狀殘像閃爍不止。值得一提的是，我看著不發一語的聖岳，他的瞳孔占據了整隻眼睛。在那甲蟲般的純粹眼神中，有玻璃彈珠似的哀傷，那是當時我此生從未見過的眼神。那天回到家之後，嗡嗡作響的聲音還是揮之不去，覺得悶熱的我喝了整整兩公升的家庭號牛奶，抬頭一看，全世界數量那麼多的白蟻翅膀反射紫色的暗夜光輝，相接成帶狀的、趴擦趴擦鼓動著的銀河。我的胸腔彷彿也變得那麼輕薄、半透明且鑲嵌著精細的紋路，屬於紫色夜晚的那部分早已崩塌，記憶開始長出堅實的外殼，甫經勞動的身體分泌出像是月球和石塊混合在一起的氣味。

今天早上五點半起床，以固定速度跑了三千公尺，洗了衣服，將《挪威的森林》看完，下午去海邊稍微淨灘、替南瓜、地瓜、九層塔澆水、拔除刺人的雜草，晚上整裡一些字句，稍微思考。此刻另一座工廠裡，有人和我說：「在生命的某些時刻，我們的前方會出現浪，激發我們與之對視的意志，你看見前方的浪了嗎？」而我想告訴他，對我而言，那還不是浪，它仍然是一堵牆，我有時只能在上面寫字。

夏天的少年

夏天的少年，好像已經是個離我太遙遠的昨天。

已習於技術很久很久的冬天，在冬天中偶爾回想夏天的樣子總難免覆上一層霜雪，像霧霾搔著鼻子，像雪盲亮的可以模仿夏天的陽光，卻潔白又粗暴地提醒，熱情已經流失許久。

日子這樣下去，揮別大家之後日子這樣下去。

火車拉長了，成為山洞鮮紅的舌，一路將我們延伸至島嶼各個城市，有人早上乘車，有人下午。霜雪厚實壯大了我們，可是也僵硬嘴角的微笑，至少不像夏天時的。我們各自和不同的人周旋，隔著厚重的冬衣。共同抵抗沉鬱，那個帶領大家騎乘的男孩留在家鄉，那一群人中只有他留了下來，我偶爾搭著火車去找他，是可以為他踩熄那精準卻比什麼都髒亂的生活，讓夏天重新擴大開來的吧，我天真地這麼想。然而「最初」是無可回逆的，再活幾個夏天也不會是那個夏天，那個夏天山的稜線也許在今年毀壞，他也已經不是高中生，不是那當初帶著傲氣休學去壯遊的神人，他開始去承擔這社會的現實和人群泌出的醜惡，臉上陰影深了，說話的語調起伏沒那麼大了，又或者是我已經熟悉他的輪廓，不再有好奇心了。

我好想摸著他的臉，說：「你還記得那時的我長什麼樣子嗎？」

他肯定不記得的。

然後我聽見了那首歌，為了那個夏天環島旅行所寫成的歌。

把FB打開發現有人把歌詞和彈唱的影片貼上去了，原來大家也都在冬天時回望那個夏天啊，只是我更加確信，我們是無法歸返的。

這時，我感覺自己被撐起。浮在寶藍色海面的波光閃動著，隨水面輕微地伏落時側身黯沉，起時尖銳著展露鋒芒，我並不是像從前吃力地回望，而像東臺灣的斷層海岸那樣被海面撐起，成為超出海面的存在，成為被割裂的，屬於自我意義的孤獨。冬日在臉上、身上累積的泥沙，鞭痕似的裂口，混合霜雪風化的碎片將悄然移至腳底細細鋪陳持續撐起我們，要我們眺望自己的雙眼，依舊廣袤，依舊澄澈，消化著純真。

也是時候可以聚了。

ㄩ的房間

ㄩ死了，一通電話，我要去收拾他的一輩子。

「東西能拿的通通拿走，無要緊。」他父親在電話裡這麼說，一陣沉默，又講：「連死在哪裡都不知道。」

為什麼聯絡我呢？他知道我是唯一收拾過ㄩ人生的人嗎？而他又知道從我轉頭偏離視線的那一刻，已經沒有任何理由再收拾下去？

還爬黑山呀，死小孩。我忍不住想。

一模一樣的房間，在我面前呈現。如果看一個人從小到大使用的房間，多少能看出他一生的諸多轉變，丟棄過的、陳封的、新置的；因搬移在灰塵裡留下的突兀痕跡，落地窗陽光照在新舊不同的物件上，形成扭曲、迷人的陰影。（但之所以說一模一樣，是因為離開許久，又突然置身在這並未停滯成長的房間，才在終日游移的灰塵中，發現他不曾改變，彷彿做為一種抵抗的行為模式。）

灰塵真的滿多的，他不愛打掃，對物件的興趣高過空間本身。他不那麼喜歡海，海面上能辨認的物件太少，我聽了不服氣說，你可以潛水呀。可是我不習慣有個平面在我之上，他摸了一下頭髮，彷彿有無形的什麼壓在那裡。

單車內胎、鑰匙、高山瓦斯、乾糧、隨意扔置的衣服、紙箱構成紊亂物件的筋絡，在覆蓋其上的紙張及書籍中隱隱透現。日期與起訖站間箭頭閃閃發亮的火車票堆成一座小山，一碰就山崩，國中的讀書心得、退伍令和高中課本堆在一起。房間為數最多的是地圖，地圖指涉了其他物件的存在，通往任何地方變得可能，事實上，他如此實踐著。

我不知道要怎麼面對這個房間，悲傷、緬懷或者其他情緒好像都不對，此刻我感到非常疲倦，便坐了下來，閉上眼睛。

喜劇的悲哀性質

我悲傷跌至谷底時身體竟感到一種如同暗夜湛藍色原野的奇異平靜；我為再也不能和他相見感到悲傷，卻在最後一刻站穩了身體。

靈魂是高山上的輕薄羽翼，我必須經過事物本質流動的洗禮我才能去面對文學。《人間失格》中的葉藏是以非常高的道德準則審視人類的。那是一種來自遠古，具有神性，參透意味的道德。而遺憾的是，他深知自己無法抵達這種道德，他太誠實了，於是他拒絕創造，因為這些看似是離那些道德近了一些，實則卻是虛偽的叛離。他必須深深地看進世間，一刻也不能轉開眼睛。他「失格」的時刻在於，那麼巨大的「道德」竟然淪為個人能夠輕易玩弄的粗製品，信賴也能被玷汙，於是他開始厚顏無恥地活著，形同對他過往所恐懼的人類的拙劣模仿。他是荒淫、純粹的悲劇，也是喜劇，在糞溺和酒精的氣味中沉沉死亡。

或許，能夠深切地感受到命運的擺渡是幸福的。

父親說，你的生命就是在浪費力氣。

你對「撐起自己」這件事抱持著太天真的自信：你以為「撐起自己」的方式就是否定他人，可是你根本連否定他人的力氣都是倚靠好心人給的。你並不是沒有力氣，而是你一直以為你可以全然掌控事物的進入和離開。天真，有時候是比高傲更可怕的東西，因為天真最後只剩下喜劇的性質。

我覺得自己天真到有喜劇的悲哀性質。

父親說，你的生命就是在浪費力氣。

要是我的生命能夠被「高傲」二字形容，或許我可以好過一些，但我不是。我也希望自己能夠「撐起自己」，但我對「撐起自己」抱著太天真的幻想，以為自己可以全然不倚靠他人，進而去否定他人的存在。可是其實我的力氣都是他人給的，只要一有了微弱的力氣，我便用那力氣與他人全然斷絕，但是我根本還沒看清楚他們就要離開，又因為性格的懦弱使然，我只把他們持續給我力氣的臍帶截斷，而沒有丟棄他們的影子。於是又有新的世界要給我力氣時我便給他們看那些影子，他們以為我力大無窮，實則一無所獲。

浪費。瞎忙。沒有被同情的價值。喜劇。

我受盡了「天真」的折磨，卻仍天真地相信著，我應該是可以被原諒的，別人應該不會放棄我的吧，結果更加造就了整件事厚顏無恥、不可饒恕的性質。

某天

某天，父親走了過來，沉痛地宣判：「你的生命多數時候都在浪費。」那時候，他化為層層包覆的暗影，無論死去與否，都是同樣的扁平。

我浪費的第一樣東西是紙。承載意義、濃稠、黏附於白紙上的黑色方塊被摺在裡頭，放進牛仔褲口袋，洗衣機將黑色方塊攪成淡藍色的雲影，白紙變成些微潮溼、蜷曲、纖維浮出的破碎物。我把口袋掏出來，它們形同不甚優雅的雪花彈射而出，隨著時間逐漸乾燥、僵硬，像敗壞的鳥飼料落在曬衣場的水泥地上。

我不曾記得黑色方塊傳達的意義是什麼，無論如何，很可能極其重要。母親氣急敗壞地大跨步走到曬衣場，看見那堆原先是白紙的破碎物，反而變得不知所措，一時呆住了，光是站著。黃昏的陽光傾斜地打上竹竿，浸透了她半邊的身體，麻雀在屋頂上跳躍。我覺得這個畫面真美，美極了。

至於後續我是如何地被毒打一頓，在這裡就不詳細說了。我之後所要敘述的，不過就像是一枝鋼筆、一根羽毛、一顆小石子之類的故事，甚至到了最後，它們全都消失，或者只留下敗壞鳥飼料般的殘骸。

浪費，意味著不懂得珍惜。但浪費無關乎於揮霍，浪費是出自於對貧乏、虛無的不知所措，藉由意義的消解、形式上的崩壞，使生命執意停留在某處。

關於母親

屬於夜晚，那揉捻的疲憊，慵懶和睡眠的客廳凝結起來，兩人之間隔著一個子宮。熔岩色的結晶鹽燈到底預言什麼樣的靈魂呢？可否讓我住在裡面，學習火光激烈地包覆自己，直到釐清是什麼讓自己像赤裸般寒冷，像灼傷那樣傷痕，而流瀉桌面時是溫柔得出奇了，卻是粗暴的一句。

「我不喜歡回家。」

這一句讓生養你的女人陷進沙發，子宮那裡發著痛，她用手安靜地撫摸，空空的心跳聲聽起來像是手腳和五官和臟器延展著，曾經他母性的作息造化不斷和那正在發生的生命交換一座森林，共享無人知曉的密語。

那時起她就知道她離不開他了，她孕育那生命時已經擔負了一個使命，她把她的生命掏空給他的頻率，靠在他身上同時抱緊他，隨著他的生長枯竭了，嘴角有安詳的光。

如今他這樣說，狠狠離開她，她餘生失去雙眼、倚靠，漆黑中重重跌落。

可是他一邊走一邊哭泣，她問：「你哭什麼？」他不能回答她，那答案太過真實，以致於殘忍，像對垂死的獵物說話。他知道離開是必要的，不然他不會覺得完整，可是他不停喘氣，胸口上坐著她，他懦弱得不敢看她恍惚跌坐那孤獨中，他想，為什麼這麼殘忍，強加一個人造物主的影子，卻又教她溫柔？為什麼給予一個人活著的重心，卻又教她忍受失去的孤獨？

而她心甘情願地擔負。

他又想，愈走愈心虛，每個人出生就注定要帶著這樣的罪活下去吧，這樣的罪無法用任何行動償還的，他沒說的是，他要成為一個更好的人，在這樣的罪之下闖著什麼。矛盾會絞鎖，罪日益深重，可是他拖著愈來愈重的這些持續行走，他若不持續行走他便無法分割出他的樣子——那是他唯一稱不上是回饋的，情深又痛心的回望，在那像是樹根的腳邊跪下了，不斷祈禱。

愛

我們會去愛，但不知道怎麼愛。

看見從前那個不斷對你好，好到成為一種侵犯，如今病得雙頰凹陷、氣色衰敗的長者，你感到十分不忍，那不忍不是出於同情，而是觀看人類命運時，對不可挽救的事常有的感覺。

你心中閃過「多希望他像以前那樣」的念頭，可是你知道要那樣的話你仍會受不了的，於是你只是靜靜觀看他的命運，雖然眼淚難免會隨著命運的聲音，不經意流了出來。

發燒者的囈語

前天晚上頭開始有點暈，決定去新竹養病。生病不想回家無非是不想得到過分的照顧、大驚小怪的憐惜。我媽會一直摸我的頭，說「可憐的寶貝……」。那種時候，她把生命全壓在我身上，可是我注定是要離開她的，這點令我感到非常悲傷。與其說是虧欠，倒不如說是不忍看無法離開這一切的她。

說真的，ㄩ很少照顧我，不是不關心我，而是他的照顧不會讓我感到深重的負擔。跟他一起一段時間之後，反而比較容易去思考自己跟家人之間的事。在家庭中，好像每個人都是承載太多雜質、邊界瀕臨崩潰的個體，卻又不得不相互觸碰，導致每個時刻都像是種孤絕的擲注，卻總是碰到實心但空洞的牆壁，挫折地彈了回來，屬於彼此之間的某部分同時悄悄地留在身體上。

想起昨天偶然來訪的，泰雅的H說，祖父過世之後，他和父親一起喝酒。酒進入喉嚨那瞬間，他們相互對看．同時流下淚來。

上過幾次山，跟H的家人相處幾次。他們總是有說不完的話，以及話語和酒精背後的，無以名狀的歲月，你能輕易地從話語背後感受不經意流露的情感。他們生火，火裡有用玻璃碎片黏合的眼睛，如果持續、緩慢地凝視火苗，淚水就會膠結，難以流下。

我想我必須思考的應該是「邊界」這件事吧，最近才懂得，當那些瀕臨崩潰的邊界相觸碰的時候，造成的並不全然是絕望，觸碰本身產生的，可以說是近於隱匿的層次才是重要的。縱然面對我的家人，我還是不忍，卻已經可以篤信，他們非常勇敢。邊界是，可以跨越，卻擁有不可跨越性質的溫柔形式。一旦跨越，就是兩者的相連。那是非常勇敢的、旅人式的詩。

最後謝謝ㄩ跟H最後陪我去馬偕看病，雖然我看了之後發誓再也不去大醫院了（這是另一個故事），也謝謝他們這兩天的陪伴跟照顧。對我來說，ㄩ會一直是一座山，在我把心中的垃圾聚集成發亮的荒原之後，持續與我對話。

你的海上天氣好嗎？

阿莉思反問阿特烈：「今天你的海上天氣好嗎？」阿特烈如是回答：「非常晴朗。」

他們的眼睛同時流下淚來。

《複眼人》中的角色都是棄絕的主體與客體。他們根本什麼也無法捨去，於是主動棄絕自己身上大部分的物事。唯有棄絕，它們才能誠實地成為它們的樣子。

或許他們是寂寞的吧。阿莉思在去登山的兒子失蹤之後，持續夢他，半夜以手電筒探照他的房間，挑選他未來可能喜歡的圖鑑，和周遭的人談論他。如同小說中複眼人的角色所說，她兒子只存在於她的書寫和生活行動中，在生與死這兩端，以某種形式，共生了下來。可是，沒有人能直接地和她在同一個維度中共享這種存在形式，而這往往是一個哀傷記憶承受者直覺性渴盼的。他身邊的人為了保護她的腦，不斷配合她，彷彿她兒子的存在仍鮮明，且富永恆性，但時間久了人們愈來愈厭倦。哀傷從來就沒有出口，先於一切形式，先於書寫，卻仍在一切形式的範疇裡。而阿美族的哈凡，和布農的達赫都是由許多故事構成，卻不去訴說的角色。達赫在城市開計程車時，藉由呼吸不去想起，也不去破壞過往在山上的時光，可是他的呼息裡卻無不是山的氣息；哈凡在自己擁有的店裡，不斷在心中編織一些從未完整過的物事，然後唱歌。

暴雨將至，一場寂靜的暴雨。事實上，沒有一種現象是寂靜的，不過人們要提起他們時，總不免產生這樣的感覺。

小說中巨大的垃圾渦流撞上了臺灣。或許有人會說這是自然的反撲，可是自然是沒有感情的。自然並不在意人們的欲念，和文明，它進入，但不涉入，離開，而不道別。人們運用科技的力量，將原本窮盡一生都無法抵達的改變成為短瞬間的事，而自然也就會以同樣變得短瞬的時間將自己修復原本的樣貌，或者因無可修復而毀滅。這過程有時也不過正好，帶走一些生命和痕跡。沒有所謂的反撲，就沒有所謂的和解。

「我們曾經以為已然棄絕的記憶與物事，終將在海的某處默默聚集成島，重新隨著堅定的浪，擱淺在憂傷的海灘上。」人們是只會記得棄絕的，從來就沒有想過，如果有天那些滯留、隱藏在某個時間層的，無意義卻具有代表性的什麼像海岸那樣擴散開來，像漂流木那樣散落各處，那因互相契合而震顫，卻也無法相互觸碰的時間會如何碎裂？

移動的必要

學期結束時，原本想做個簡單的紀錄整理在花蓮的短暫生活，但岳緊接著回國，我又必須開始忙於行前的最後準備，包含辦印度簽證、買齊缺漏的裝備、討論與確認正式版（出國前的最終版，在路上可能又是另一回事了）的行程表、和一些家人、朋友用餐……。當然我也得把時間分給愛情了，他回國的短短一週，我們每天揹著登山背包趕赴不同縣市的各個場所，甚至有一天因為時間已晚的緣故，只好在捷運南勢角站附近的大樓廣場紮營，但很快就被警衛勸離，最後找到捷運站的逃生梯露宿。

我想起去機場接他那天。在他父親車上，心時不時抽動一下，近似一絲絲心悸。但心悸的感覺產生時，我腦中的畫面卻是這學期所修的自然書寫課的期末健行。視線越過樹梢、穿越葉片間的縫隙，光線返回山徑。我想像的視線回應了高速公路兩旁的燈火，擦亮某個黑暗中的事物。

事實上，這學期我若是被問起「為何是印度？」、「為何要休學？」，都很難給予對方明確的答案。當然，隨著行程漸趨完整，大概可以歸納出是為了山吧。但我並不想隨意回答他人這個答案。直到有位貼心的、來自香港的同系同學，在一次我又陷入了必須回答這些問題的窘境時，她直截了當地替我向別人回答：「因為有移動的必要。」迅速結束這場對話。從此以後我就借用她的說法回答每個詢問的人了。

在赫赫斯的路上，我跟隨著許多同學停下腳步。有人以望遠鏡仰望樹梢，鳥鳴時常比形體先到來。（這學期由於修習一堂通識課的緣故，我每週必須空出兩個早上到校園指定的地點鳥觀，拿著望遠鏡『追』鳥時，到最後會覺得自己並不見得真的是要把那隻鳥找出來；正在進行的，其實是為聲音賦予形體的過程。）有人蹲下來，鏡頭對著一株紫色的果實。當一隻大青斑蝶出現的時候，所有人都靜默下來……也許在靜默前，大家發出了屬於自己、但能被身旁的人所理解的忘情呼喊。大家開始記憶那隻大青斑蝶，W老師適時到達，盡可能向我們解釋與青斑蝶相關的種種物事。

W老師向大家說明，臺灣的「青斑蝶類」有六種，有大青斑蝶、小青斑蝶、琉球青斑蝶、姬小紋青斑蝶、小紋青斑蝶、淡小紋青斑蝶。（我已經忘記他有沒有六種都說了，只好利用吉隆坡有些跑不動的網路查一些資訊。）

繼續瀏覽青斑蝶遷徙的資料時，卻意外發現了薄翅蜻蜓由印度南部遷徙至非洲東部與南部的過程。每一年，有數百萬隻蜻蜓飛到馬爾地夫島，這件事引起當地生物學家查爾斯．安德森的興趣：馬爾地夫群島的一千兩百多個島上表面有許多珊瑚礁，幾乎不具有表層淡水，但蜻蜓的生命週期必須倚靠表層淡水完成。安德森推論，馬爾地夫並不是這些蜻蜓遷徙的終點。牠們甚至會越過印度洋，飛到非洲西部。

這些被安德森稱為「臨時雨水坑的蜻蜓」，借助印度接連不斷的季風雨，東非短暫的雨天，非州南部夏日雨天，東非長長的雨季，然後回到印度尋找下一個季風雨。安德森做下了結論：「這類大規模遷徙至今不被人注意似乎是不尋常的。但是，這恰恰說明我們對自然界依舊所知甚少。」

我看著這些自然書寫課的同學（學長姐等級的），他們都在以各自的尺度看待事物不是嗎？我覺得我好像能說出旅行的理由了，但這些語言大概永遠不會成形。我想起一位重要的朋友時常和我說的：有些物事不被書寫，但不代表它不存在。他在桃園機場給了我一封信，讀完之後，我又再次地理解、也似乎真正理解什麼是祕密了。

出發前一天，才決定帶《博物學家的自然創世紀》做為旅行時的讀物。由於必須控制行李重量，只能帶一本書，但一直在《丈量世界》與《博物學家的自然創世紀》兩本之間掙扎。岳選擇了《沙郡年紀》。他是第一個推薦我看這本書的人。那位重要的朋友說，他三月和我們在尼泊爾會合時，會把《丈量世界》帶來的。得讓高斯與洪堡德在尼泊爾的高山上會合才行。

原本想寫點關於九月自己拒絕去基隆港邊送岳的事情，但昨天搭了深夜的廉航，基本上是不可能入睡的，現在精神已經開始耗弱了。我想了一下，決定不寫在這裡，畢竟那是祕密。

書寫的責任

我已經可以毫不猶豫地告訴你，我願意和你一起踏上任何形式的道路；從前我很介意路總是你先發現的，找不到新路時就會討厭自己，但走久了就會發現自己好像成為自己的祕密了，而這是一樣時而憂傷、時而堅韌無比的武器。

如果現在要我說出，我每天醒來的目的就是要出發去一個地方、我能夠為了計劃一趟旅行整天不吃不喝找資料、我非常熱愛在外探險的所有歷程這類的話是非常不誠實的；對我而言，移動的當下基本上只有「踏在路上、單車雙輪壓過路面」這樣的狀態才是最為強烈的具體事實。

暑假時，我和一些朋友規劃了一趟單車環島，而這也是我最後一次騎著陪了我兩年、在塔塔加摔過一次、上過一次武嶺的白色捷安特單車長途旅行。第二天我們就得沿著臺七甲省道、一路爬著長長的上坡往梨山去；為了遠離不斷聊著天的朋友，我奮力地踩著踏板，用背部、腰部和大腿的力量拉開和他們的距離，但由於是陡上坡，車速到底有沒有實質提升對身體的意義好像不大，唯一可以確定的是那些地方的肌肉都扎扎實實地出了力。在低頭爬坡的時候，柏油路會一吋一吋地壓迫視線，彷彿無盡的道路於前方閃現，騎久了偶爾還會產生近似貧血的感覺。但我內心的變化則與生理相反，心靈似乎開始成為一臺唱機，老邁、優雅、緩慢地讀取著路旁山壁、零零星星高出護欄的植物、遠處山頭的時間溝紋。

一段時間後，我的單車突然「速度出來了」，整體騎乘的感覺變得十分輕盈（但重量並沒有消失）。就在某個瞬間，身體得到某種特殊的反作用力，成為此刻，也遠離了此刻。

這代表我的身體記得這個地方了嗎？

身體能記得的事總是沒有名字的。朋友大學課堂的某位老師帶完雪山課程後，問大家：「當你們到雪山圈谷那裡時，真的會立刻聯想到『噢，這就是冰河地形。』嗎？你有沒有想過，如果你是鹿野忠雄，第一次到這裡，你還會覺得這是冰河地形，還是一顆透明的眼球？」

沒有名字的事物總是幽微的，比如說即將來臨的林蔭道路、中橫迴頭彎梅園竹村的山徑殘骸、或者塵土飛揚的隧道中，前方騎乘的愛人些微反光的車身。我在想，即便日後建立一個地景、一趟移動的知識譜系仍然是重要的，這是屬於現實的責任，但也千萬不能忘記身體所記得的事。這也是為什麼，我認為我能理解喜愛的作家詩句的原因：「因為山總是借來的，而我想忘記自己的名字。」

⋯⋯

昨天和朋友坐在水璉國小的鞦韆上喝水休息，休息過後，我們就得騎上由水璉通往米棧、翻越海岸山脈的小路。在東部生活一段時間就會知道，有些時候真的是不得不騎上、走上某條路；如果要往返海岸與縱谷，除了跑回吉安或花蓮再接回臺十一線或臺九線不需要翻什麼山之外，在其他地方就一定要翻山，像是花38-1鄉道（想把這條取名為水壽（米棧在壽豐對岸）公路，因為路很爛，希望在上頭騎乘的人都能活得長久，福如花蓮溪，壽比奇萊山）、光豐公路、瑞港公路、玉長公路等。

我們決定騎這條海岸山脈的小路也是出於某種「不得不」。昨天我們都覺得，就是不能不好好騎車，必須不斷撿拾細膩的踏實感、拒絕飄在虛空的不安；責任的種子落下，經由各自內部的機制長出植株。最近常跟那位朋友走同樣的路，以前可能會害怕對方因此太過巨大造成壓迫，現在卻覺得有人在生命的某個階段能夠常常陪你走同一條路是件好事，這些人的存在在往後會一直扮演非常關鍵的角色，就像信念一樣。能夠抵抗對方的，大概就是祕密吧，即便往後會因為這些祕密，彼此走上不同的路。

啊說到種子，想起瑪格麗特．羅曼《爬樹的女人》提到的「種子樂透」。據估計，一公頃的雨林每年約有十五萬顆種子發芽，然而只有不到百分之一的幼苗能夠長成大樹。一顆種子要長成大樹，必須先安全地降落地面、發芽成功，撐過幼苗（或子葉）階段，拿到前期更新的門票，並且在樹冠的林蔭底下，繼續處於壓抑狀態，不斷儲存能量，在冠下層發育成樹。但如果要長到樹冠上層的話，就要有缺口出現，使樹株獲得大量陽光，從壓抑狀態中釋放，一口氣長成大樹。而能夠在林蔭底下發育成樹苗、持續生存的樹種，被稱作「耐陰性樹種」。

我很好奇，哪天我們都有機會長到樹冠上層，在眺望遠方時發現彼此，那些各自做為養分的祕密變成了什麼樣的顯現形式？也許我們看得出輪廓，而不指出名字。

我忘記那時候他的手機裡還有沒有播放著陳世川的歌。他問我：「你在旅行的時候，有時候會不會覺得，能不能成為一個作家不是那麼重要了？旅行的時候真的會覺得，就這樣誠實地活下去，不成為作家真的沒關係。」我告訴他我一直以來都沒有想要成為一個作家，不過有時候還是覺得自己有責任。書寫的責任。

我們突然都覺得，能成為作家的人很多，但生命層次很高的人很少呀。他最近重讀《流浪者之歌》，裡面提到追尋與發現的差異：「尋求之人，很容易眼中只見追尋之物，卻不能察覺自己無能接納任何東西，因為他有個目標，受目標所制……發現卻是自由的、敞開心胸地站著，沒有任何標的。」他說，我覺得旅行根本不是尋找，而是發現。

雖然我沒有特別想成為「作家」的念頭，至少我不知道究竟「作家」的形狀是什麼。我反而比較在意自己到底「能不能寫」，有時一不小心就害怕自己根本不具備書寫的資格。不過幸好來了花蓮、會把自己「逼」上山路，甚至之後還要把自己逼出國。身體能為自己做的事很多，而我也因此相信，走過的路未來也會走進腦袋中的，就不要擔心了。

終章

每個人終其一生總是要進一次岩洞的，有的人很快，有的人可能要幾乎走到盡頭才會。回憶這種東西終究只能是回憶，食物味道會變、建築會消失，剩下的不過是彼此相互陪伴走到盡頭。

——節錄自岩洞中筆記本

回家

等了那麼多天之後，我才決定真的開始書寫，其實在來到這個岩洞之前，我的書寫已經低潮很久了，寫的東西都不好，可能是我一直不曾放開心胸去面對一些情感吧。

不曉得活人的世界現在如何了？我在這裡過很好，至少心靈得到解放，當然還是很希望能活著出去傳遞這些能量給這個世界，但如果無法也只能留給山了。

得到解放的感覺大概就是會想到小時候的很多事吧。都是一切很小的細節……我可以告訴你上百上千個我們的回憶，只要我還能說、還能寫，我就不無聊了，儘管死亡正在接近。

在這裡我竟然考慮如果可以活著出去，三十五歲要生個孩子，不然我還是會很不負責但也不會懂你們。

不知道有沒有人會發現這裡？但我還是決定每天跟你說話，一直說話到最後一刻，不管自己的文筆技巧了，那些都不是真的，到了這岩洞後，我想跟你說的才都是真心的吧。所以千萬別怪岩洞，如果沒進來，我是死的，我們還是一樣不快樂。

夜晚的時候我會很痛苦，因為我好想家，想把單純的自己給你們看，但如果肉體回不去了，我會把一部分單純的自己放在山上，一部分帶回家。

你不要擔心我了，我這輩子一直到現在才學會真正地放鬆，儘管真的很想活著，接下來交給山安排了，但即使食物不夠了，這樣一直寫一直寫我就覺得自己不會死了。

直到這時，我才覺得自己真的成了作家。

給宸君

寶貝：

好久沒抱你親你了(雖然每次你都會想閃開，嫌我肉麻)，超想念你的。

恭喜你出書了，封面的設計，四本書可以連成一座山，很酷耶，我很喜歡，相信你也會滿意的，編輯這本書很不容易喔，要感謝愛你的好朋友們及出版社的幫忙，才有辦法完成的。

以前知道你對寫作有興趣，筆觸也很敏銳，想著有一天一定會成為作家，說不定來個諾貝爾文學獎，於是，我都會把你隨興寫的筆記、手札、紙條等都留著，等你成名後，這些手稿可值錢的勒。

喜歡閱讀的你，常常沈浸在書的世界裡，記得在高三時有一天，你說：媽，帶我去買標籤貼紙，我心裡想，寶貝終於要開始認真準備學測了，哈哈！結果是我想太多，貼紙原來是用來貼課外書佳句用的。

最近有去爬山嗎？天堂的山跟地球的山有不一樣嗎？我想應該更美吧！

之前在想，你除了在天父的懷裡，還會在哪裡呢？
後來終於知道，原來你一直住在我心裡，從沒離開過，所以我去哪，你就會跟上，跟你說話，你也能馬上聽到。上次有跟你說，你喜歡的歌手近況，還有好多部你喜歡的電影上映，你都知道了齁。

紙短情長，除了想你還是想你，每當我軟弱時，你的堅強與勇敢總會帶給我滿滿的力量，貝貝：謝謝你來當我的孩子，你是我們的驕傲，我們以你為榮。

我們都要照顧好自己，不要讓對方擔心喔！

愛你的媽媽

小山豬寶貝要吃飽飽睡飽飽
小山豬陪你去旅行

P.S：感謝曾經陪伴過宸君的師長
同學、學姐、學妹、朋友
謝謝你們

無盡回家 Endless Homecoming[1]

羅苡珊

在死亡之域我們也將生活。

——亞當・扎加耶夫斯基（Adam Zagajewski），《無止境》（*Without End*）

就像一些我們看不見的孩子的臉，過去和未來也許都是躺在寂靜（silence）的臂彎裡。我們從來擁有的只是此時，此地。

——娥蘇拉・勒瑰恩，《總是在回家》（*Always Coming Home*）

1 致信

親愛的宸君：

你說，比起在意會不會成為作家，你在乎的是能不能寫，深怕一不小心就失去書寫的資格。你知道這句話對現在的我是什麼意義嗎？你描述事物時喜歡用平凡的動詞：你說「移動」的次數多過「旅行」；用「走山路」來描述爬山；你甚少使用「文學」這個詞彙，但當你說著「書寫」時，眼神迷離卻又透徹，裡頭藏著一片呼之欲出的汪洋……對了，有個詞你不常掛在嘴邊，但它永遠是個有著追尋姿勢的動詞，那就是「愛」。

再過幾個月，在你二十一歲生日那天，我們就要出版一本你的書。是的，一本書。你能想像嗎？我還不知道怎麼衡量這本書的重量。它絕對不會重到讓你不想帶它出趟遠門，但還是會沉甸甸地壓上你的手掌心。不如讓我換個說法吧：它將比記憶重一些，比生命輕一些；當然囉，也將比記憶可靠一些，比生命簡潔一些。

畢竟，我們得讓複雜的生命看起來簡潔而輕盈一點兒，你說是嗎？就像你離去後，那些我一廂情願做的事：將搜集來的事物，按照自創的系統分類；替每個分類與篇章命名，在上頭編寫號碼；然後，依照順序排列，再打散重組……這些舉動的對象有時是實際的物質，有時是隱蔽、不可見的文字。我尋求它們，彷彿只要與它們在一塊，我就能安心入睡。

這本書是你的離去所銘刻的永恆禮物。請原諒我這麼說，然而是時候承認這件事了：若你沒死，這本書不會存在。嗯，這句話或許不夠精確——這麼說吧：若不知道你的死訊，這本書就不會存在。

也許是好的，至少我知道了你的死。

這件事是如此確切、不容質疑，在積雪消融的春天。

距離我知道宸君的死訊，已經過去兩年時光。他出生在豔陽焚燒的海島平地，最終在異國覆雪的山稜裡離開了人世。

2 無盡書寫[2]

我初次閱讀宸君的遺書是在一個寧靜的午後，陽光傾斜地照進他的書房，光中飄浮著細細塵埃。房間裡處處滿溢他的氣息，這讓我彷彿不知道他的死，只是緩慢翻尋過往：填滿筆跡的紙張，藏匿在書房各處。我想起他喜歡用手寫字，尤其慣用黑筆。

受困在由扁平落石形成的岩洞後，宸君在第五天寫下了第一篇文字。那是一封由黑筆寫成的信——對象是即將在他後續旅程中會合的我。當時他並沒有將這封信定位為遺書；它跟遊記寫在同一本筆記本裡，而不是後來被他命名為「遺書」的那一本，就像是冥冥之中，他也期盼著生命的旅程將會延續，而不是宣告終止。

這封二〇一七年三月十五日寫就的信，長久以來都貼在我大學時期住處的牆上，被我一再撕下又貼上，因此充滿皺摺。後來我得知，他與一同受困的夥伴聖岳曾趁雪停之際試圖逃脫，卻因為再度降下的雪而躲回洞穴裡，那天是三月十四日；而在三月二十四日，一場雪崩覆蓋了洞口，抵擋洞外寒氣的入侵，卻也掩埋他們的蹤跡，只留下一點縫隙可讓他們探知洞外世界。這一天，宸君在嶄新的筆記本中，寫下了第一封給家人的遺書。逐漸變淡的黑筆筆跡，銜接上鉛筆寫就的文字。

為什麼受困的一開始，他沒寫下任何事物？而在後來，那股驅策他將虛弱雙手迎向紙張的力量又是什麼？他在空白的頁面中，專心致志地找尋著什麼呢？

許久之後，我才明瞭日期與信、日期與遺書之間的關聯。那是一條牽連起「有所覺悟的書寫」與「對死亡的徹底自知」之間的細線：當人們對一件事物感到恐懼並轉頭迴避時，無論擁有再高超、熟練的文筆，都無法用文字替那事物賦予形體。書寫意味著對自身處境的肯定，對宸君而言，也就是對死亡的肯定。他並非欣然迎向死亡，而是對死亡的確定性**說「是」**；這樣的肯定，是為了引發後續對死亡**說「不」**的能力，並進而抵抗必死的命運。當他毅然躍入死亡之中，不再以為自己**彷彿**不會死去，他就掌握了書寫的權威；藉由書寫，他先接受了死亡、與之共存活，再抵抗了死亡。

「決定寫遺書」不只是意識到死期將至、必須記錄下什麼的迫切之感使然；它更乘載了宸君對「被尋獲」的希望。在此，希望不是一種出於內在的信心（他難道沒有懷抱對於不被尋獲的恐懼嗎？），也不是一種外界給予的承諾（有任何人可以向他擔保會被尋獲嗎？），而是一份對未來的不完整認知：一種**懸而未決**，**卻也無路可退**的處境、**與死亡的確切性為敵**的處境。

於是，他既懷抱希望，也深感絕望；既遠離了希望，也掙脫了絕望。出於此，他決定寫遺書。

⋯⋯

三月間歇降下的暴風雪停止了。死亡緩慢地掩襲而至，卻不再像初始那樣面目可憎。在尖銳而持久的漫長等待裡，死亡擁有他們，就像活著的我們被生活所占有；死亡是熟悉的、遊蕩的、親暱的，就像狹小床鋪上的毛毯，輕輕地包裹著他們——正是這樣的死亡與等待，使遺書的寫作能夠持續下去。

而書寫本身，有著拯救般的物質性：靠著僅剩的紙與鉛筆（聖岳用隨身攜帶的折疊刀，替宸君削尖了石墨筆芯），以及「用手寫字」這一個在受困期間，唯一能投注實在力氣的身體勞動，宸君得以不去關注降臨在自己身上的那份不幸，讓它可被承受；同時，他也藉由書寫維持內在的澄明，從中汲取與其他基本需求不相上下的內在救贖——向他人傾訴自己所聽見、所看見、所知覺到的事物，渴望他人也能夠感同身受。

暖和的四月即將來臨，奔流不息的溪水聲逐漸盛大，積雪可以在幾天之內消融。液態水從岩石縫隙中滲入洞裡，再浸潤上遺書的紙頁。這使我手中的遺書在乾燥以後，顯得粗糙而蜷曲，翻頁時會發出清脆的聲音。

我小心翼翼地翻到下一頁。

遺書不再標示寫作的日期，鉛筆筆跡也愈趨凌亂。乍看之下，它們就像初學寫字的孩子所寫下的生疏字符；然而經過仔細的辨識，又會發現這些淺色符號有著熟練的內在秩序，因此必定出自一位熟悉寫字的主人；由於寫作時不再帶有社會意識，這位主人訴說的內容，也免除了那些訴求獲救、與世間告別、交代遺願的話題。

——潦草、龐大而清淺的字跡，緩緩傾訴著他所珍愛的一切。那是唯有在生命走向盡頭時，才會湧現的無限寬慰與終極哀傷：遠在天邊的親友、觸手不及的家園，以及早已無可挽回地逝去，因此漂浮於時間之上的永恆童年……。此時的遺書寫作，展現了他的徹底自知與全然獨立。在書寫當下，**生、死與愛**因而有著意義上的等值。

不過，對寫下這些的宸君來說，「盡頭」有著什麼樣的含義？他真的「知道」有個盡頭向他逼近，而已逝的過去都遠在天邊、觸手不及了嗎？還是，在他感受到的時間裡，「過去」、「現在」、「未來」這些範疇都再無清晰的藩籬，因此遺失的一切全都躋身到他的眼前，伸手就可以擁入懷中？

或許，透過書寫，宸君將**一時一地**的岩洞打造成**任何時空**，並由此把家留在了身邊。受困的經驗，並非全然被痛苦及恐懼所淹沒；另一種感受如雜草般堅韌地蔓生——那是面對重重神祕與未知時，所產生的驚詫與心顫，因此幾乎可以稱之為「美」……在他筆下，無數的極端在洞穴中匯聚為一：那是一個活著與死去、真實與虛幻、夢境與現實差異不大的世界；一個受困與自由、受庇護與被隱藏、抽象思考與具體行動，都處於令人心碎的完美平衡的世界。

……

我該如此相信嗎？他辭世前，是否真的見識了美得心驚的風景，並感覺自己了無牽掛、即將重新活過一次？受困的經驗超出常人的理解範疇，拒絕了任何被重述與再現的可能，我永遠也無法體會他闔眼前所見識的世界。

然而，在他留下的手稿裡，我似乎也發現了兩個極端——**寫作與閱讀**——匯聚為一，並實現了屬於我們之間、心照不宣的共同期盼：他那趕不上思緒之流的虛弱雙手，刻劃下一個字所需的時間，也許就等同於我辨認遺書的一個字跡時，所流逝的時間；而當他支撐起身體，就著熹微日光，凝神注視頁面時的坐姿，彷彿也重合上我垂眼閱讀遺書的姿勢。

這些遺書是洞穴裡的回聲，宸君朝洞裡投入話語，等待它們歸來。而現在，伴隨著他的死訊，它們翻山越嶺、橫渡滄海，回到了他的家鄉與書房。是死亡將這些話語檔案(archive)交給了我們；送達的遺書，就像倖存下來的希望——**懸而未決、無路可退、與死亡的確切性為敵……**。

我輕輕放下遺書，撫平紙頁的皺褶，闔眼。然後，我聽見窗外傳來汽車駛過馬路的聲音、人們輕聲細語地交談，以及更遠的屋簷下，數隻雨燕飛翔時的鳴叫聲；接著，我彷彿也看見了——岩洞外的箭竹，在融雪後重見天日。風吹拂過針葉林與杜鵑林，發出宛如浪潮的聲音。一聲聲鳥鳴，伴隨著最初的一縷朝陽，響徹溪谷地。萬物稍縱即逝，卻又生生不息，就如同過往的每一年，以及往後的每一年。

此後，岩洞的時間便悠悠地住進我的身體裡。那感覺私密、輕微而堅定，彷彿體內正孕育著新生命——不。那感覺幾乎像是有另一個生命在體內長眠，與我同喜樂、同傷悲。而我知道他死過一次。

因此，那感覺也像極了能讓人堅毅地活下去的哀傷。

3 愛、野性、文學

宸君：

你離世前，曾交代我不要過度悲傷、要去愛人；在給家人的遺書裡，你抄下李奧帕德改寫自梭羅的話語「野性蘊藏著世界的救贖」。我把這些視為你的死亡帶來的教導，於是你死後，我做了一些能力所及或未及的事。然而你知道嗎？這些事的實踐，卻是冒著**毀掉愛與野性**的危險。

剩下不到一個月，這本書稿就要送到印刷廠去了。然而，有件事我卻始終沒做。我知道自己沒剩下多少時間，在這本書出版之前，我必須完成那件始終沒做的事——像這樣寫信給你。

我們的友誼是從信開始的，那它就應該以信的方式結束，你說對嗎？但如果你以為我想寫信給你，那就錯了。就跟你一樣，我內心深深恐懼著寫信給你，因為寫下就代表承認你已死去。

為了寫信給你，我開始整理房間。就像在青澀的年少時期，第一次獨自遠行前，那些刻意不談論旅途的道別儀式：收拾陳舊的物品、打包裝箱、搬運到合適的角落。這些事物當然也包括你的手稿。它們已經心滿意足地住進了這本書，再也不需要永無止境地趕赴其他地方。

這本書是如此安穩的房子。起初，它的建造是出於一份與你重逢的盼望。每經過一次敲打修補，原先在我腦內存檔的回憶就更加遙遠、輕薄，而另一種嶄新的記憶緩慢靠近——它們潛藏在那些搜集而來的物件之間，沾染灰塵的夾縫裡；那些手稿字跡的筆劃之間，細微轉折的弧度裡。我的目光穿透它們，並重新認識了你。

兩年來，這棟房子歷經了大大小小的修繕。如今，它已經夠持久、夠堅實，足以讓你在冰冷中暖和軀體、在炙熱中感受沁涼微風的吹拂。有好久的時間，你應該都不會對它口出怨言。所以囉——很矛盾地，它也成為了我們之間的牢固屏障：像是這些建造的工作，不是為了與你重逢，而是重逢後的再度分離。這就是安息的真正意義嗎？事物在遺忘中，重獲了不朽的自由；既不活著，也非死去，僅只是存在。

我好想告訴你很多事，但時間不多了。此刻，我們就只擁有這一封信的時間。我只能告訴你——在與你一起受困岩洞的聖岳回來後，我們與朋友們編輯這本書的心路歷程。當然囉，我只能訴說我的。其他我說不了的，相信他們都用各自的方式告訴你了，那可是祕密。

．．．．．

做為一種構思，早在你離世、聖岳被尋獲之前，這本書就已誕生。當時你們已經失聯超過五十天，我心想：「應該是走了，等雪融之後，或許能知道身體被雪水帶到哪裡。」接著，一個想法緩緩浮現：「我想開始蒐集你們的東西。」直到那刻，我才發現自己十分悲傷。

這個想法就像安穩的心跳聲，取代了原先掏空一切的哀悼情緒。接下來幾天，我與山友去了山上。無論是從新武呂溪底爬升至寬敞營地的山路上，或是輕裝從妹池續行到嘉明湖的針葉林中，我總是想著：該如何讓我對你們的愛，在世上留存得久一點？

層層濃霧隨著強風，快速覆蓋上高海拔的草坡。我沿著嘉明湖畔繞行，即使專注地凝視遠方，也無法靠視覺丈量湖泊的範圍。許多時刻，我幾乎要以為你們會從霧中前來與我相會。然而當我在三叉山頂背對著強勁風勢，看著霧氣隨風而去時，我瞬間明白了相會的想望終究徒勞——而你們也將是霧氣，輕盈地隨風而去。

我們倚靠著指北針、地圖與扁平疊石判斷方向，伴隨著冰霰與雷雨踏上了回程的路途。緩和起伏的山路看來永無止盡，即使穿著雨衣，風及雨水依舊迅速將溫度帶離我的皮膚表面。冰霰降下時的聲音像極了木炭燒紅時的輕脆聲響，連帶地勾起我的深層渴望：火堆的炙熱意象在我腦內升起，與之並存的是體感的冷冽溫度。那股瀕臨失溫的炙熱孤獨感，與我對活著的渴求遙相呼應，使我全身止不住地顫抖、就快掉下眼淚。

那天是二〇一七年四月二十二日。當時的我一定不知道，再過一天左右的時間，你就離開了人世。

隔天的下山路途中，天依舊下著清澈而柔軟的細雨。突然之間，一陣不尋常的巨響撼動了松樹林：一隻受到驚嚇的美麗生物迎面撞上了筆直的松樹。在不到一秒的時間內，牠迅即地躍入霧中，一併將奔馳的聲音帶離我的聆聽範圍。那是一頭公水鹿。牠發出的聲音似乎來自另一個時空，夾帶著我無法觸及的遠古歲月前來，像餘震那般久久在我身邊迴盪不已。

牠也知曉欲望與愛嗎？當所屬部族裡的單一個體消亡時，牠也會因此感到掙扎與悲痛嗎？我驚詫地發覺，那股原先壓在我心頭的疼痛，竟然也一點一滴地消散了。愛與野性是如此矛盾的反面——會認為「野性蘊藏著世界的救贖」的是誰呢？是人類；需要救贖的又是誰呢？是人類；而將那份救贖世界的責任自我擔負的，也是人類。

可能是在你活著的最後幾分鐘裡，剛下山的我踩踏著雨鞋獨有的沉重步伐，用雨水在南橫公路及山壁邊緣所積蓄的清淺水流，洗去雨鞋上的土壤與泥濘。就在那一刻，一股奇異的平靜暖流從指尖末梢往我內心流去——如此真實地，我意識到自己就在活著的一群之中。倖存後的幸福感脹滿胸臆，同時湧現的是一股祕而不宣的哀傷。只有無情的山能夠知曉這類極為深沉、近乎無情的殘酷哀傷；山是如此嚴密而不留空隙地，替多情之人保守著掙扎、悲痛、欲望與愛的祕密。

……

不過，如果單憑對野性的嚮往，我就不必編輯這本書了；而如果光憑我對你們的愛，這本書的編纂也是不可能完成的了。編輯這本書還必須有更重要的理由，那理由將賭上**毀掉愛**的風險——因為，編輯這本書意味著一再重新造訪、驗證我所珍愛的記憶，這些舉動將摧毀它、否定它，甚至還會失去它。

如果我告訴你，你與聖岳受困洞穴的事，被當時的臺灣與外國媒體爭相報導，又有什麼意義？你的死訊被眾人擁有，我們永遠無法憑藉著我們與你的親密，獲准參與你最後的人生。而我又該如何跟你解釋報導的規模呢？當今許多新聞報導的方式，都讓我們以往對於消失後仍被記憶的渴望，前所未見地扭轉到了最極端的反面。若真是這樣，你大概無法忍受。這麼一來，你應該對我為何要編輯這本書，有個粗淺的認識了。

編輯這本書的動機，不是為了體驗模糊不清、自我療癒的緬懷，而是迫切地感受到回應公眾的「記憶責任」。若是成功地越過那份毀掉愛的風險，這本書就將會是我們的拯救——積極的公共意義將戰勝極為私密的痛楚，反過來肯定與轉化那些出於自我保護的複雜情緒：對自身痛苦的恥辱與羞愧、對已成定局之悲劇的無能為力、創傷記憶被揭起的巨大傷感，以及對私密記憶的貶低與迴避。

但在編書過程中，我卻漸漸發現：為了淬煉出積極的公共意義，以戰勝那極為私密的痛楚，編輯這本書勢必再次促成許多傷害、眼淚與拒絕。如果光憑著我對你們的愛，那又該如何解釋這些我親手促成的傷害、眼淚與拒絕呢？回應公眾的「記憶責任」無法回答這個問題——你們經歷的事已經被淡忘，就如同世上其他無數的死亡與苦難。而又有誰需要強調事件特殊性的詳細事發報告呢？

這麼一來，這本書恐怕也很難越過那份毀掉愛的風險了。因此，這本書的出版還需要一份**比愛更重要的理由**。那又該是什麼？我的結論是：對於**文學**的相信。是的，就是你不常掛在嘴邊，卻始終將我們兩人牽連在一起的詞彙。幸運的，隨著這本書的編輯趨近完成，這份對文學的相信漸漸引領我發現：那份原先被毀棄的愛，竟然有機會以更穩固的方式**重建**。它不再是奠基於友誼的私己之愛，而是將你視為一位創作者的疏離之愛。

如此一來，你的死亡就成了拿著火炬的引路人，帶領我到達從未經歷的遠方。我的人生因此在二十歲那年徹底改變了。我不再搖搖欲墜地否定生命的意義，也將那份自我防衛所招致的尖銳掃進了垃圾堆。我深刻地學習到：抵達真實的路途上，想像力、信任與耐性，或許比懷疑一切的反抗可靠得多。

然而，在編完這本書後，那股因為編輯工作而被掩埋的私密傷感，卻鋪天蓋地席捲了我的身心。引路的火炬幻化成圍繞死亡的情緒迷霧，彷彿直到那時，我才對你的死與受困經驗產生了真實的反應：它們變得如此親暱，如此帶給我一種脹滿胸臆的哀傷，讓我感到墜落般的眩暈與欣慰。於是，我知道我非忘記你不可。否則，那陣迷霧將永遠籠罩住我，而盲目的愛與責任將使我裹足不前，無法將這個世界看得更透徹、更清楚。畢竟，孩子總得先離開家園，才能對外界進行猛烈探索——相信這樣的觀點，即使是在異鄉離世的你也會欣然同意。

許久以後，那些遠離的記憶或許會以截然不同的姿態回來。到時，就是我走進自己的洞穴的時候了。我也將踏上無盡回家的旅程嗎？那個受困的洞穴，是否也將越過所有的障礙，並持續延伸到故鄉的山海？當我望向洞口，那低垂的視線也將超越原先盲目的愛，降臨到已然逝去、卻又躋身眼前的回憶裡頭去嗎？

而你說：想念故鄉的山，就走進另一座山裡。一再走進山裡，才會記住自己的山。

接下來，我將向你描述我的山。

你大可以閉上眼睛、深深地吸一口氣。我們都一起經歷了那麼多。也都明白，分離之際的輕鬆笑容是多麼重要的事。

……

此刻，我們就站在你鍾愛的故鄉土地上，在夜晚時踏進了那座山。山就像規律晃動的搖籃，輕輕地托住你的夢。我輕聲說，「這趟旅程將不斷延伸到黎明。」於是你將頭燈區段調到了省電模式，六十流明的圓盤狀光亮驅散了黑暗，重重霧氣在光束中緩慢流動。山路在我們眼前朦朧開展，不知道延伸到何方。

好了，靠著聽覺，我們可以判斷自己走在哪個路段上：雨鞋鞋底傳來的堅硬碰撞聲揭開了序曲，那是平坦好走的石頭路；每每在潮溼的泥濘中邁開步伐，就會聽見雨鞋與土壤間的空氣被擠壓的輕微破裂聲，這顯示我們正行經大片竹林；而當你聽見光滑松針與鞋底摩擦時的沙沙聲時，就代表我們正走在鋪滿松針的陡坡上，就快接近那條只容一人行走的狹窄獵路了。等會兒將有個不穩定的疏鬆土石路段，你的眼神必須尋找到穩固的踩踏點，借助樹根與岩石，將身體重心快速地轉換到下一個腳點上去。記住，在那樣的時刻裡，唯一的祕訣就是絕對不能害怕，並讓自己看似泰然自若。

不久後，我們會回到一處林間空地紮營，有條距今九十多年、沿著等高線開闢的古道通過這處空地。在周遭搜集細柴並不難，這兒也有著尚未腐爛的優質良木，足以讓火堆持續燃燒到天明。

在全然的黑暗當中，嗅覺與聲音絕對比形體更早出現，它們擁有千萬種姿態與層次：當你聞到松脂燃燒前的刺鼻氣味時，你彷彿就已經感受到火光刺燙肌膚的溫暖了。為了獲得那樣的溫暖，你必須先就著頭燈光源，將手鋸割入木材。在光束中，木頭斷面飛濺而出的木屑就像火星那般跳躍。你將永遠懷念那新鮮的木頭氣味，就如同你也將永遠迷戀水分從柴薪中蒸散時所迸發的聲響。當你能清晰辨別乾柴與溼柴燃燒時的聲音差異，你自然也能知曉免於饑餓意味著什麼了。

在僅有火光的深山裡，月亮總是比你想像的還要明亮，白面鼯鼠的鳴叫將引領你學習這個道理。那聲音是一根反射著皎潔月光的銀白細針，從山櫻樹梢劃破了夜空。彷彿不抱希望地期待著什麼似的，你將會抬頭仰望樹梢，縱使什麼也不會從天空降下——降下的或許只是我們的充實與飽足，而它將成為我們的眠床，伴隨著森林深處鴟鴞科鳥類的悠遠叫聲，引領我們進入夢鄉。

當東方的天空逐漸泛白時，紫嘯鶇的鳴叫聲將會挾帶著刀割般的清亮哀傷，從遙遠的溪谷穿梭到林間，宣告著我們這趟旅程的終止。而此刻，黎明已經來臨了。原先籠罩在夜色下的山壁，在五色鳥那宛若焚燒著朝陽氣息的叫聲中緩緩浮現，迎向和煦的晨光。

我坐起身，望向了仍在熟睡中的你。免除了頭燈那掩蓋住對方面容的炫目光亮，我終於清晰地看見了你的面孔。你緊閉雙眼，露出了無牽掛的微笑，彷彿就將在睡夢中，目送我踏上前往遠方的旅程。

4 致謝與新生

我想由衷地感謝劉宸君的家屬與梁聖岳的家屬，他們在悲傷之餘，仍願意信任我蒐集、整理並出版宸君的手稿及文字。這些年來，他們所付出的心力與勇氣無法以文字與詞語來衡量。

此外，這本書沒有他們是不可能完成的：感謝春山出版社的編輯吳芳碩、莊瑞琳與企畫甘彩蓉；替這本書介紹出版社的記者何欣潔；一同參與編輯過程的楊婧琳、蕭羽彤；將資料保存與建檔的陳彥妏、黃彥傑，以及協助手稿繕打的陳晏華、連品薰、楊婧函、葉繼元。同時，也特別感謝東華大學華文學系吳明益老師對這本書的鼓勵，並感謝吳鄭秀玉女士獎助學金、國家文化藝術基金會所提供的補助，讓這本書能夠順利出版。

大江健三郎在形容兒子創作的早期音樂時，曾說「Innocence（純真）這個字是由in-『沒有』和nocere-『傷痛』兩個字所組成的。」[3] 這種滿溢的純真也出現在宸君最後的書寫裡，彷彿他是在被信任感包覆的處境中，寫下「沒有」「傷痛」的遺書。他不僅在遺書中創造了未來——他規劃的人生包括了學業、家庭與育子，而整齊排列的旅行行程，則遠及了二〇二七年——也藉由將記憶投往**最初的故事**，從受困的身體中逃脫，並永不歇息地再次翱翔。

在最初的故事裡，一切都正在開始、沒有終點、充滿可能性。除了家人，宸君寫最多的，便是與他一同受困的夥伴梁聖岳。我衷心盼望這本書也將是對活著的祝福：謝謝聖岳帶回了宸君的最終信息、對書籍編輯過程的參與及陪伴。而那「沒有」「傷痛」的最初的故事，也將成為我們的出發之處。

——正是因為，在封面用鉛筆寫著「遺書」的筆記本中，宸君在封底用黑筆刻下**New Life（新生）**。

1 此用語引用自歷史學家James Clifford收錄於《復返：21世紀成為原住民》的文章〈伊許的故事〉：「過去與未來的全然對立正在部落復興（tribal renaissance）的脈絡中搖晃。如今，時間被經驗為系譜性和螺旋形，是無盡回家途中的時空型（chronotope of endless homecoming）。」

2 此用語引用自朱嘉漢替阿爾貝．卡繆（Albert Camus）遺作《第一人》（*Le Premier Homme*）中譯本所撰寫的專文導讀〈我們別無選擇地選擇成為第一人〉：「評論者給這本書『新生（Vita Nova）』的標記，一如進入無盡書寫的普魯斯特與晚年的羅蘭巴特，一種徹底的自知：這份書寫的工作，將是最後伴隨到死亡的。且矛盾的，像是重新活過，以截然不同的姿態看待過去與面向死亡，作品因而絕對新穎。」

3 大江健三郎的〈日本，分歧的國度與我〉為一九九四年獲得諾貝爾文學獎時的得獎致詞，收錄於《如何造就小說家如我》。

送你

楊婧琳

每一種愛都喜歡重複，因為它們違抗時間。就像你和我一樣。

——約翰．伯格

宸君：

二〇一七年四月那一天演出前十分鐘，珊珊捎來了你二〇一五年寫給我而始終未能寄出的明信片，我不敢看，怕演出會受影響。大幕準備拉開時，突然有人悄聲對著臺上的我們說：「這是最後一場了，你們要盡全力，把這場戲好好送走。」聽見送走這兩個字，某個開關好像被打開了。我轉頭對身旁的演員說，「他剛剛說送走，是送走。」眼淚開始止不住地掉。當時我非常努力試著深呼吸、試著專注。我從來沒那麼努力過。但是來不及了，燈亮一開場舞就跳錯，中場拉錯幕想要拉回來，結果幕完全卡住，還整個蓋住演員。演出後我離開人群，坐在系館地上，一字、一句地慢慢讀著那張明信片，用很慢、很慢的速度讀。讀完後觸著你的筆跡刻痕，我旁若無人地放聲大哭，非常非常地想念你。

就像毀掉那場演出一樣，後來的我也差點毀掉那年春天。在那之後很長的一段日子，生活一片混亂、無所適從。常在夜裡無聲地哭醒過來，又迷迷糊糊哭睡了過去。焦慮無比的日子裡忘了從什麼時候開始，常在心裡默念著卡夫卡說的：「寫作是一種祈禱。」雖然什麼都寫不出來，只要握著鉛筆，就似乎能與你產生連結而有所依靠。

幸好春天是不會被誰毀掉的。約翰．伯格的《A致X》裡頭寫著，「死者都聚集在那些依然保留下來的文字裡。」而我用與珊珊整理手稿的無數個燈下深夜，緩慢而堅實地驗證這件事。我們會對坐下來，打開各自的電腦開始敲敲打打、一邊播你喜歡的蘇打綠的歌，極少和對方對話。更多時候寂靜地分享這份無法獨自承受的沉默。我想，其實我們只是需要坐下來，陪伴你的文字如同陪伴你，彼此一起熬著、等待時間過去。

去年我也去旅行了。結果繞了地球半圈的我一點進步也沒有，握著鉛筆的手依然什麼都寫不出來，才意識到自己究竟有多少年沒寫信給你了？你知道，我們曾經是以幾小時、幾天而不是幾年沒通信來計算時間。寫封信，原來這麼需要勇氣。

某天在地球的另一端一覺醒來，我從此擁有了一種小小的儀式。一開始我只是觀看那些具有山和洞穴空間性質的事物，後來我會在它們面前駐足凝視幾秒：北愛爾蘭海岸的巨人之路，海水在玄武岩上旋繞侵蝕而產生的圓形凹痕；根特鐘樓的鐘聲在耳旁響起時，酸疼的身體與腳下城市還有建築本身一同共鳴的回音；渡船開過瑞士與德國國界波登（Bodensee）湖面的漣漪中心；回望自己踩過雪堆深深陷落的足印……。每當我用凝視把眼神溫柔按進那些可見凹洞裡面的同時，便藏進一個小小的願望。因為珍貴的事物如果赤裸地攤在天空下，就會逸散無蹤。我想悲傷也是。

「永恆是記得，而永恆的相反是遺忘。」萬物的每一種愛，都在抵抗時間吧。假如凝視的本質是想念，而想念是為了「抵抗遺忘」，那我想「抵抗遺忘」則無疑是一種承諾。當死者等待著生者的想像，而生者承諾死者將「為他們抵抗遺忘」之時，他們便能夠在擁抱彼此的時候、烙下隱形的印記。他們對彼此的信任是如山海一般浩瀚的存在，也如草尖微小的露珠對抗太陽升起那樣地細緻無畏，蒸發成勇氣。於是，生者們便能夠緊握彼此的手，繼續活著對抗命運。而我願意相信，只有在開始信任永恆的剎那，我們才能夠接近它一點點。

我始終深信宇宙間有一種奇幻的緣分。它將我們這群人最年輕的生命時光全都種在一起，才有幸能夠孤獨、卻不孤單地看著彼此在生命的苦難中，各自生長綻放。賣力尋找幸福、並學著賦予生命中各種苦難美麗動人的意義。我們看著那些美好，當然，也常常不只是看著。擁有共同的語彙的我們能夠分享祕密。就像兩年前那天早晨，我站在系館中庭抽菸。一抬頭看見陽光灑在樹冠上、穿透枝條落下的金色光影，突然察覺你再也看不見——而是與它同在，我便輕輕地說，送給你。

語句就跟煙一樣，飄上天去了。

你知道嗎？後來一切都如你預言的那般發生了。在你離開的那天，我和所有你熟悉的臉孔牽起手，溫柔地排成一列。站在正在消失的潮間帶，我們悲傷而沉重的身軀也許阻止不了海岸線死去，可在這個陰雨綿綿的春季，空氣裡竟有著我們初識那年，校園雨後草地溼潤溫暖的柔軟氣息。

我知道，你早已變成守護旅人的精靈，存在於每一座山裡。

——婧琳

20190315 04:30 a.m. 於淡水海岸

禮物

蕭羽彤

「要不要也出來混一下？」

這是我們私訊對話裡你丟給我的最後一句話，而我一直沒有回覆，後來連點開看都需要勇氣，其實在這之前早已問過自己千百回。

幾年前因為每週的電影分享會認識幾個還在讀高中的女孩，每個都是那樣特別，而你就在其中。平時實際生活交疊不多，但是每次碰面總是聊到忘記時間。單車是一開始最常出現的話題。

「在車上看到路邊有人在騎單車都會有股想要跳下去騎的衝動！」

「我也是！」

這大概是一拍即合樂此不疲一直討論著的原因。

覺得每次的出走都是為了回家，這個家是一種心底真正的滿足踏實，能量源於此也為此消耗無止無盡。

「你有機車嗎？我們缺一臺車上山。」

就這樣一群人彼此不太認識來自四面八方相約在兒童節神仙縱走去了。前一天在南庄老寮集合，晚上到大南埔搭起帳篷但是帳篷有怪味，最後所有人都在搭好的帳篷旁邊與蚊子共眠，那畫面真是荒謬至極，可是真的好快樂好輕鬆。

當時你們放著音樂，是我第一次聽巴奈的歌。

「你知道你自己是誰嗎？」

第一句歌詞就像一隻溫暖的手在暗夜裡緩緩出現，撫慰著一個持續啜泣但是已經忘記自己為什麼要哭的孩子。我頓時紅了眼眶，你說你也是第一次聽到這首歌就哭了。過了幾年在某個場合認識了巴奈，一個如此澄澈的靈魂，很多感受都瞬間明白了。

「在一起了。」

「初吻給他了！」

坐在電腦前瞬間看到你丟出來的極簡文字，為你開心得留下淚。一直一直喜歡你如此直白直接，看似驕傲率性送出這幾個文字，我明白這是因為你的一切有太多細膩。

……

關於這張禮物——

同時認識了你、婧琳與苡珊，對我而言你們一直是不可分割的一體，我想對你們彼此而言也都是吧？所以把代表婧琳、苡珊的人物也都一起畫進來。

我覺得你常常都是在一個觀察者的角度，非常細膩地去觀看感受與記錄一切，而且應該是享受這樣的位置的吧？這也是我心目中的你。

正在書寫的你，閱讀中的婧琳，拿著相機的苡珊。

在叢林裡的書本、單車輪胎、岩洞、海洋與各種植物，以及你時常用來與聖岳並提的山脈，我想山脈與海洋某些程度上同時是旅行與回家的意念，都是我瞭解的你所愛與重視的人事物，也是會讓我想起你的元素，這張作品也想送給你所愛的與愛你的每個朋友及家人，希望看到的人都會覺得安心而且溫暖。

這幾年經歷了一些大小事件，我也慢慢在籌劃一個旅行，一樣帶著強烈質疑與恐懼，不過總是得出去混一下的吧！

謝謝宸君，

謝謝你的澄澈與細膩，

謝謝你的率真與勇敢，

和你的所有互動與記憶總是很容易讓我感受自己，

謝謝你讓我發現也認識自己生命裡以為不存在的區塊。

——20190404 羽彤

春山出版編輯說明

本書成書過程與編輯原則，特以此文說明。

一、作者的全部文字手稿、電子檔案等，由羅苡珊代表朋友群取得劉宸君雙親授權，得以交付出版社共同討論、編輯。

二、作者留下的並非有意識整理過的完整作品。因此本書為著作財產權人同意之下，經親友編輯小組與出版編輯共同討論成書之樣貌。

以此為前提，春山出版將劉宸君定位為第一次出書的文學新人作家，而將本書定位為個人作品選集。本書不同於一般成名作者的遺作、手稿出版，採用一般書籍編輯原則：

一、比對原件，進行錯別字、統一字修訂，修正錯誤資訊，包括人名、地名等，但不另行加注。

二、為沒有篇名的文章命題，原來有篇名的盡可能維持原題，亦不多做注解說明。詩作例外，考量詩作命題常有文學意義上的作用，無題者將加注說明之。

三、全書大多數收錄作品，不指出出處。詩作則例外，詩作中有不少曾投稿，其餘未曾投稿者，有的可見日記、情書，及寫於碎紙片上的不同版本，由於出處推測可能關聯到作品的完成度，注明出處以供參考。

成書後記

羅苡珊和梁聖岳由採訪他們的何欣潔引薦到出版社，那個下午，他們身上包袱看來沉重，像從山裡回來或正要去登山，大包小包地帶上許多筆記本、幾疊列印的紙本、一些複印的投稿作品，甚至週記、作業等任何與文字書寫可能有關的物件。辦公室角落會議空間有著壓壓的機轉聲，混著所有人對事件猶新的記憶。談起為何想出這書，當時的他們只淺淡說出一句，不能讓朋友就這樣死去了。

第一次會面的時間不長。但討論這本書的出版，對即使擁有許多經驗的我們而言，也是編輯生涯中極為特殊的一次選擇。在如此齊全的手稿裡，我們先讀了宸君的詩，也或許單單是因為讀了詩，總編輯莊瑞琳和我就有了共識，我們願意為他出書。作者詩性的心靈打動我們。

然而，在接下來長時間的編輯過程中，我們才面臨出版這件事的考驗。

初期的打稿選編工作，是由作者的朋友們分頭進行，他們的稿件整理相當齊備，包含創作時間、出處都盡可能有翔實紀錄。在這份底本的基礎上，親友與我們開始思考各種本書可能的面貌。

一本書該長成什麼樣貌，每一位編輯都會有不同的見解。而從我們的立場，編選某人的遺稿以留住一個人，與它需要被出版，這其中的交集點唯有文學。出版社所看重的，並非使作者逝去的那個山難事件，而是那顆珍貴的文學心靈。從作者留下的散稿來看，即使多數不能稱之為創作完成品或成熟作品，它們早就足以讓我們看見一顆貼近文學的心靈。因此，我們將劉宸君這位作者定位為文學寫作者，將這本書定位為文學作品集，並在這一點上獲得親友們共同支持。

全書依據文類分為四大部分，依序為遊記、詩、書信及雜文。我們期望製造一條由外而內的閱讀動線，仿造人們在認識另一個人時，可能漸進深入的進展階段；同時，也保留閱讀的開放性，不論讀者從哪一個節點進入，都可以創造一條全新的途徑。在此架構下，得以打散創作時間點與生平事蹟的鏈結，將親友與出版社共同審核選錄的大多數篇章納入。此外，出版社再加以編輯技術處理，適度隱去文中提及的人物姓名，並盡可能迴避涉及個人隱私的內容。

在長時間工作互動中，我們也從親友的敘述與文稿比對中瞭解到，作者的書寫習性，並非「寫實」記錄，而是經常以身邊人物為基礎做延伸想像。因此應當可以視作為了捕捉某種狀態、感覺或情感氛圍而做的創作演練，而我們從中應當讀的是作者凝鍊於文字中的精神、靈魂與感性；前述的編排方式，我們認為是有助於讀者專注於此的。當然，這許多仍來自於我們的直覺，及我自己這十二、三年來對文學的思考與理解。這已是我們現階段所能想像最盡力的樣貌。

我感到非常幸運，能遇到這一本書，讓我在自身生命載浮於浪峰或低谷時，有這麼好的文字陪伴。我也比那個第一次見面的下午，更深愛宸君的文字許多許多。很感謝作者劉宸君雙親及摯友的信任，讓我們能一起參與這段深刻的討論過程。

春山出版編輯　吳芳碩

2019.06.22

國家圖書館出版品預行編目(CIP)資料

我所告訴你關於那座山的一切 / 劉宸君作．——初版．——臺北市：春山出版，2019.07——面；公分．——（春山文藝；001）ISBN 978-986-97359-7-1（平裝）

863.55　　108009188

春山文藝 001

我所告訴你關於那座山的一切

作者　劉宸君
編輯小組　羅苡珊、梁聖岳、楊婧琳、蕭羽彤
手稿繕打　陳晏華、連品薰、楊婧函、葉繼元
資料建檔　陳彥妏、黃彥傑
總編輯　莊瑞琳
責任編輯　吳芳碩
行銷企畫　甘彩蓉
業務　尹子麟
裝幀設計　霧室
地圖繪製　白日設計
手稿拍攝　汪正翔
法律顧問　鵬耀法律事務所戴智權律師

出版　春山出版有限公司
(02)29318171
臺北市文山區羅斯福路六段297號10樓
總經銷　時報文化出版企業股份有限公司
(02)23066842
桃園市龜山區萬壽路2段351號
製版　瑞豐電腦製版印刷股份有限公司
印刷　搖籃本文化事業有限公司

填寫本書線上回函

初版一刷 2019年7月2日
初版八刷 2024年8月19日
定價450元

本作品獲——國|藝|會、吳鄭秀玉女士 黑潮獎助金——贊助出版